けのスナイパー　愛憎の連鎖

愁堂れな

幻冬舎ルチル文庫

CONTENTS ✦目次✦

夜明けのスナイパー 愛憎の連鎖

✦カバーデザイン＝高津深春（CoCo.Design）
✦ブックデザイン＝まるか工房

イラスト・奈良千春✦

夜明けのスナイパー　愛憎の連鎖

1

「いやん、もう、君人《きみと》ったら。トラちゃん見てるじゃない」

これ以上ないほど幸せそうな顔をした高橋春香《たかはしはるか》が、ちら、と俺を見たあと視線を彼最愛の二十歳《はたち》の恋人、君人に向ける。

「見たいなら見せておけばいいじゃない」

一方、君人はごくごく淡々としており、俺のことなど完全に眼中にない様子で春香の肩を抱いていた。

「君人ってば」

ますます幸せそうになる春香。そんな春香の顔を覗《のぞ》き込み、シャイな様子で微笑《ほほえ》む君人。

やっていられない、と溜《た》め息を漏らす俺の横では、俺の親友にしてなぜだか今日、この場に巻き込まれることになった鹿園祐二郎《しかぞのゆうじろう》が、大皿に盛られてきた海鮮チャーハンを手際よく四人に取り分けている。

「もうもう、この世にあたし以上に幸せなオカマがいるかしらっ」

浮かれまくっているがゆえに、声のトーンが必要以上に高くなっている春香に俺はつい「いないんじゃないすか」と投げやりに返そうとしたのだったが、それより前に君人が、投げやりとはほど遠い真摯《しんし》な口調で答えていた。

「春香を幸せにできているなら、俺がこの世に存在してる意味、あるよね？」

「当然じゃない！　もう！　君人ってば！　愛してるわようっ」

春香が感極まった声を出し、君人をがばっと抱き締める。

「……俺ら、なんでこの場にいるんだろうな？」

つい俺はそう、隣に座る鹿園に問いかけてしまっていた。

「それは僕が聞きたいよ」

俺以上に『巻き込まれた感』が強い鹿園は答えたあとに、「でも」と笑顔を向けてきた。

「バカップルって和《なご》むよな。僕らも幸せのお裾《すそ》分けを貰《もら》っとこう」

さすが鹿園。俺と違って『よかった探し』の才能に長《た》けている。巻き込まれたのが彼とでよかった、と笑顔を返すと鹿園もまた頷《うなず》いてくれ、既《すで》に『二人の世界』を築きつつある春香と君人の邪魔にならぬよう、ささっとチャーハンをサーブする。

「大牙《たいが》もどうぞ」

「ああ、ありがとう」

礼を言い、差し出されたチャーハンを受け取っていた俺の目の前では、春香がチャーハンを蓮華《れんげ》で掬《すく》い、君人に向かって、

「あーん」

と甘い声を上げ差し出していた。

先ほど本人が宣言したとおり春香は『あーんして』という可愛《かわい》らしい仕草が似合うような女性ではない。身長百九十センチを誇る、ガタイのいいオカマである。顔立ちは外国人モデルと見紛《みまが》うほど端整なのだが、スキンヘッドゆえそっちにまず目が奪われる。

心の中は誰より女らしいという彼の自負を否定する気はさらさらない。家事全般、特に料理は得意で俺も何度もお相伴にあずかっているし、家事ができるという以上に、その細やかな心遣いは女性以上だと常日頃から思っている。

要はビジュアルが男らしすぎるだけだという、可憐なオカマである春香は俺の兄、凌駕《りょうが》の親友であり、また、俺ら兄弟にとっては『大家』でもあった。

俺と兄は『佐藤《さとう》探偵事務所』という探偵業を営んでいるのだが、場所を提供してくれているのが春香というわけだ。

兄と春香は学生時代からの長い付き合いで、春香同様ゲイである俺の兄は、天使のように可愛らしいと賞賛されることが多いその恵まれた容姿を用いて、春香の彼氏を奪いまくっていたのだそうだ。

それでも兄貴と友達でいてくれるところが春香の優しさであり、また、友情を大切にする侠気《おとこぎ》でもあるのだが、超がつくほどビッチで、狙《ねら》った獲物は逃さないという、人様にはあ

まり誇れないような特技を使いこなす兄貴をもってしても、君人の心を春香から奪うことはできなかった。

そうも強い愛で春香と結ばれている君人についての知識を、実は俺はあまり有していない。年齢が二十歳になったばかり、ということは知っている。が、知っているのはそのくらいなのである。

君人もまた、百八十センチ近い長身を誇る、モデル体型の美青年だった。確か本当にバイトでモデル業もこなしていたんじゃなかったかと思う。

春香と外見を合わせようとしているのか、髪を薄い茶色に染めている。カラコンもしているし、色白でもあるので一見ハーフに間違えられることも多いが、春香同様生粋の日本人だ、という話を春香から聞いたことがあった。

君人と春香との付き合いは三年にわたる。彼らが付き合いはじめた頃、俺はちょうど今の探偵業に転職する直前で少々バタバタしており、そのせいでなれそめの詳細は知らない。なのになぜ彼らが『三年』にわたる付き合いをしていると断言できるかというと、今日の会合がまさにそれ絡みであるためだった。

「出会って千二百日目の記念日だなんて……君人、よく数えてたわね。もう嬉《うれ》しすぎるわ」

『はい、あーん』をしながら春香がうっとりと年下の恋人に対し嬉しげな声を出す。

そう、今日は彼らが付き合いはじめて千二百日目であるというのだ。なんとも微妙な数字だとは思うのだが、彼らは驚くべきことに百日ごとに『付き合った記念日』お祝いをしているのだそうだ。他にもさまざまな記念日があるとのことで、いくつか教えてもらったが、それらをすべて『お祝い』するとなると一年のうち三分の一くらいがお祝い日になるのではないかという数の多さに俺はびっくりしたものだった。

「当然」

だが春香と君人の二人にとっては『びっくり』どころか『当然』であるらしい。君人はあまり言葉を多く発するタイプではない。どちらかというと寡黙なのではないかと思うが、それだけに一言一言に妙に重みがある。

何かのときの会話で彼の突っ込みを受けたことがあったが、それはそれは的確な突っ込みで、感心させられたものだった。

今もたった一言『当然』と言っただけだが、それで春香のハートはヒートアップしたようだ。

「君人ーっ」

店内だというのに君人に抱きついていく彼を横目に、やれやれ、と鹿園と顔を見合わせたそのとき、個室とはいえ騒ぎすぎたためだろう、超のつくほど高級店であるこの店の支配人が部屋に来て注意を促してきた。

「申し訳ありません、お客様。もう少しお静かに……」

「ああ、悪い。三枝《さえぐさ》さん」

「し、鹿園様っ」

振り返り頭を下げた鹿園を見て、三枝という名らしい支配人がはっとした顔になる。

「こ、これは大変失礼いたしました」

「いや、騒いだ我々が悪い。無理に席を作ってもらったというのに」

「とんでもありません。鹿園様ご本人がいらっしゃっているとは思っておらず、お出迎えもいたしませんで、大変失礼いたしました」

支配人が平身低頭して詫《わ》びるのに、鹿園が笑顔で頷いている。

「さすがロシアンね」

中華が食べたい、という春香の希望を聞き、人気店、しかも超高級な、というこの店をその場で予約したのが鹿園だった。

この鹿園、警視庁捜査一課勤務であり、階級は警視ととんでもなく高いのだが、ハイスペックなのは本人のプロフィールだけではなかった。

父親は名前を聞けば誰もが知っている大物代議士、兄は警察庁刑事局のお偉方である。それでいきなり今日の今日で予約を入れても個室がとれた上に、お祝い事だからと普段は店に置いていないドンペリシャンパンを用意してくれたりと、至れり尽くせりの対応をしてもらったのだった。

支配人と鹿園のやりとりを見ながら、春香が感心した声を上げると、横で君人が心持ちむっとした顔になり、ふいと春香から視線を逸《そ》らせた。

「あらやだ、君人。妬《や》いてるの？」

すぐに気づいた春香がにやにや笑いながら君人の顔を覗き込む。

「別に」

「妬く必要ないわよ。ロシアンなんて眼中にないし、ロシアンだってアタシのことなんて眼中にないんだから」

ねえ、と春香が鹿園に笑いかける。

彼がさっきから連呼している『ロシアン』というのは、春香だけが使っている鹿園の呼び名だった。因《ちな》みに春香は俺にも『トラちゃん』という、彼しか使わないあだ名をつけている。なぜそんなあだ名をつけたのか、経緯は面倒だから省略するが、ロシアン――こと鹿園は春香の言葉を聞き、勿論《もちろん》、と大きく頷いてみせた。

「そのとおり。僕の眼中には大牙しかいませんから」

「……そりゃどうも」

春香の言葉に合わせたんだろう。ご苦労なことだ、と流した俺がこの中では、一番冴《さ》えないプロフィールと外見の持ち主に違いなかった。

名は佐藤大牙。しがない探偵である。前職は刑事だったがとある事情から辞職し――といっても別に不祥事を起こしたわけではないと一応明言しておく――兄のやっていた探偵事務所で働きはじめ今に至る。

三十一歳という結構いい歳《とし》だが独身である。恋人は——まあ、いるようないないような微妙なところだ。

同い年の鹿園も独身だが、恋人がいる気配はない。デートの予定もないためこうして春香と君人の『付き合って千二百日記念』の席に急に呼ばれたにもかかわらず、二人してほいほい付き合えるというわけである。

と、そのとき鹿園の携帯が着信に震えた。

「はい」

すぐさま応対に出た鹿園は数言電話の相手と話したあと、通話を終え立ち上がった。

「申し訳ない。呼び出しです」

鹿園にはデートの予定はないが、警察官であるゆえ、そして責任のある立場ゆえ、こうして捜査本部から呼び出されることがままある。

「僕はお先に失礼します。あとは皆さんで楽しんでください」

一礼し、部屋を出ようとする彼に俺は便乗しこの場を立ち去ることにした。食事もデザートを残しおおかた終わったし、春香も愛する君人と二人、水入らずで記念日を過ごしたいのではと気を遣ったのだ。

「じゃあ俺も。仕事あるので」

鹿園に続いて立ち上がった俺に、春香は「あらそうなの？」と少し残念そうな顔になってくれたが、隣の君人は明らかに『遅いんだよ』という非難の目で俺を見ていた。

そんな心配は一ミクロンもないというのに、君人は俺に対しなぜか嫉妬《しっと》心を剝《む》き出しにしてみせるのである。

春香が面倒見がいいせいで、俺も『トラちゃんトラちゃん』と可愛がってもらっているが、単に大家と店子《たなこ》という関係でしかない、もしくは友人の弟というポジションにしかいない俺にも嫉妬してしまうほどに、君人の春香への愛は深いんだろう。

だからこそ『付き合って千二日目』なんていうイベントをやろうと思いつくのだろうし、などと思いながら鹿園に続いて店を出ようとした俺だったが、急いでいるはずの鹿園はレジでしっかり支払いをすませた上で、

「追加注文があったら後日請求してください」

と支配人に頭を下げていた。至れり尽くせりの男である。

「なんか悪いな」

俺までご馳走《ちそう》になってしまった、と頭を下げる。謝るより前に『俺も出すよ』と言うべきなんだろうが、鹿園が支払っている金額を見たあとではとてもその台詞《せりふ》を言うことができなかった。

「別にいいよ。大牙と久々にメシ、一緒に食えて楽しかったし」

鹿園がにっこり、と笑いかけてくる。

「あれ？　三日前にも一緒に食わなかったか？」

確か事務所兼自宅に押しかけてきた上で、水炊きを作ってくれたはずだが、と首を傾《かし》げていた俺の突っ込みに答える余裕もなかったのか鹿園は、

「おっと、早く戻らねば」

と腕時計を見やると、

「それじゃまたな」

爽《さわ》やかにそう言い、店を飛び出していった。

「ああ、ごちそうさま」

その背に声をかけ、俺もまた店を出る。鹿園はタクシーを捕まえていたが、俺は地下鉄で帰ることにした。金銭的な余裕が少しもないためだ。

実は今月の家賃もまだ支払えていないような状態だった。兄貴がこのところ新しい恋に夢中で、探偵業にさっぱり身を入れないこともあり、なかなか依頼が成立しないのだ。

兄貴にはカリスマ性ともいうべき集客力があるのだが、弟の俺にはまったくない。誠心誠意を尽くして仕事にあたっているつもりなのだが、俺には接客業に就くには何か足りないものがあるのかもしれない。

今度兄貴が帰ってきたら改善点を聞いてみよう。反省を胸に俺は地下鉄を乗り継ぎ、築地

にある探偵事務所へと戻った。

留守番電話をチェックしたが一件だけ入っていたその用件は、歯科医の予約を入れようとしている間違い電話だった。

やれやれ、と溜め息をつき録音を消去していたそのとき、ドアをノックする音が室内に響いた。

「どうぞ」

開いていますよ、と声をかけたあと、しまった、面倒がらずにドアを開けにいけという指導を以前兄貴から受けていたと思い出し、慌ててドアに走る。

が、俺の到着を待たずドアは開き、一人の若い男が入ってきた。

「すみません、予約はしていないのですが」

スーツ姿の男の、上着の襟《えり》の部分には金バッジが光っている。金のひまわりであるから彼は弁護士だ。

まだ三十になったばかりくらいに見える、若い弁護士だった。顔は端整といっていい。かっちりした髪型に眼鏡《めがね》姿はいかにも法曹界の人間らしい。

身長は百七十五、六。スタイルもいい。見るからに高そうなスーツを着ているが、それがよく似合っている。

少し嫌みなくらいに、などと観察しつつ、彼の用件は事件の依頼だろうか、と考えていた。

兄貴が訴訟でも起こされそうになっている可能性もあるためだ。しかもその可能性はかなり高い。ドキドキしながら俺は、精一杯の愛想笑いをその若い弁護士にしてみせた。

「どうぞ、今でしたらお待ちいただくことなくお話を伺えます」

別に『今』じゃなくても『お話を伺え』はするのだけれど、そんなことはおくびにも出さずに告げた俺を真《ま》っ直《す》ぐに見据え、若い弁護士が口を開いた。

「ありがとうございます。助かります。実は人捜しの依頼をあなたにしたいのです」

「わかりました。それではこちらに……」

訴訟ではなく依頼だったのはありがたい、と彼を来客用のソファへと導く。

「コーヒーでもお飲みになりませんか？」

依頼人が事務所を訪れるのは実に久し振りだった。逃すまいという気持ちが募る。

「いえ、コーヒーは結構です。それより話を聞いてもらえませんか？　あなたが警視庁捜査一課にかつて勤務していたという佐藤探偵なんですよね？」

ソファに腰を下ろしつつ、弁護士がそう問いかけてくる。

「はい」

そのとおり。経歴に嘘《うそ》はない。が、どうやら俺の見た目は依頼人たちが期待する『強面《こわもて》のもと刑事』のイメージからはかけ離れているようで、「本当に警視庁の刑事だったの？」と確認をとられたのも一度や二度じゃない。

今回もそのパターンか、と身構えていたところ、弁護士は「そうですか」と言っただけでなんのコメントも告げず、早速依頼内容に触れ始めた。

「申し遅れました。わたくし、雪村《ゆきむら》と申します」

名刺を差し出してきたあと、俺が受け取るのを待たずにまた口を開く。

「あなたには藤堂《とうどう》君人という人物を捜してほしいのです」

「藤堂？　君人？」

唐突に告げられた依頼に、つい戸惑った声を上げてしまった俺を真っ直ぐに見据え、雪村弁護士が話し出した。

「実はわたくし、西宮《にしみや》家の顧問弁護士をしております。西宮家といってもおわかりにならないかもしれませんので念のために補足いたしますと、都内に数多くの不動産を保有しております、いわば地主です。総資産は百億をくだりません」

「ひゃ、ひゃくおく？」

想像もつかない数字に思わず俺の口から素《す》っ頓狂《とんきょう》な声が漏れる。

「……凄《すご》いですね」

その一言に尽きる。ただただ感心していると雪村は唇の端を上げるようにして微笑み、俺が驚いたせいで中断した話をすぐさま再開した。

「西宮家の家長は西宮一豊《かずとよ》氏ですが、この一豊氏が医師より余命三ヶ月と宣告されまして、それで今般行方知れずの孫を捜すこととなったのです」

「孫……というのがさっきの……」

確認を取ろうとした俺に雪村が「そうです」と頷いてみせる。

「藤堂君人さんが一豊氏の亡くなった三男の子供だということがわかっています。ですが少少事情がありまして行方がわからないのです。そこでもと警視庁捜査一課勤務だという佐藤探偵に捜してもらいたいと、それが依頼内容です」

「……亡くなった三男……」

通常、遺産相続は配偶者が半分、子供が残りの半分を均等割する。子供が亡くなっている場合は孫がかわりに相続するのだが、果たして西宮家の家族構成はどうなっているのだろうと、と好奇心から俺は思わず尋《たず》ね始めてしまっていた。

「三男というと長男次男がいらっしゃるのですね。お子さんは全部で何人いらっしゃるんですか？」

「まず、西宮一豊さんの妻は既に他界しています」

と、雪村は俺の知りたいことを察したようで——まあ、当然か——まずはそこから説明を始めた。

「ですので一豊さんの財産を相続するのは彼の子供のみとなるのですが、子供は男ばかり三人で、上から一朗《いちろう》さん、力《ちから》さん、薫《かおる》さんという名です。先ほど言ったとおり、三男の薫さんは亡くなっています。因みに長男次男とも結婚はしておらず、子供もおりません。薫さんも生前は未婚でしたし、子供も君人さんただ一人です」

「となると、財産の三分の一をその行方不明の君人さんがもらうことになる、というわけですか」

百億の三分の一。約三十三億か。百億も想像がつかないレベルの大金だが、三十三億でもやはり想像がつかない。

「では、その君人さんのプロフィールを教えてもらえますか？　年齢は？　藤堂という名字は母親の旧姓……ああ、三男は結婚していなかったんでしたっけ。それなら母親の姓とかですかね？」

少しでも多く情報を引き出したい。それで立て続けに質問を浴びせることにした俺に、雪村は淡々と答えてくれた。

「年齢は今年二十歳です。藤堂姓は仰《おっしゃ》るとおり母親のもので、母親の名前は景子《けいこ》といいます。母親の実家は東京にありましたが、既に亡くなっている上、彼女の血縁がまったくたどれていないのが現状です」

「…………そうですか」

となるとどうやって捜せばいいものか。首を傾げそうになった俺は、そういえば、と先ほど雪村が口にした言葉の中で気になる内容を思い出し問うてみることにした。

「すみません、あの、君人さんが行方不明なのには『少々事情』があるとのことでしたが、どういった事情なんでしょう？」

「それは……」

それまで俺の問いにはすらすらと答えていた雪村が、ここではじめて躊躇《ちゅうちょ》した。だいたい理由は想像がつく。そして俺の想像はぴたりと当たった。

「……母親の景子さんが西宮家の家政婦をしている女性だったので、一豊氏が結婚に反対し手切れ金を渡した上で家から追い出したのです。薫さんは子供の認知はしたものの、父親の意向には逆らえず、母子との縁を切りました。その後音信不通となったまま二十年の歳月が流れているため、行方が知れないと、そういったわけなのです」

母親の死亡の確認は取れましたが、と続ける雪村の口調は、いつの間にかよどみのないものに戻っていた。

言い渋ったのも演技だったのだろうか。しかしなぜそのような演技を？　なんだかうさんくさいな、という猜疑《さいぎ》心の手前くらいの感情を抱《いだ》いていた俺の目の前に、雪村が一枚の写真を示してみせる。

「ご参考になればと思い、写真を持ってきました。これが西宮家の三男、薫さんです。生前の……二十五歳頃のものです」

「……っ」

写真には見知った人物が写っていた。

いや。違う。『見知った人物』とよく似た男だ。

名前は『君人』年齢は二十歳。まさか――？

「いかがでしょう。依頼を受けていただけますか？」

言葉を失い、写真を食い入るように眺めていた俺は、雪村の問いかけに我に返った。

「あ……はい」

反射的に頷いてから、もしや、と雪村を見る。

「何か？」

雪村が眉《まゆ》を寄せ、問うてくる。

「あ、いえ。なんでもありません」

慌てて首を横に振ったものの、今や俺の頭の中は混乱しまくり、鼓動はいやな感じで高鳴ってきてしまっていた。

「依頼を受けていただけるんですよね？」

俺のリアクションが胡乱《うろん》に見えたのか、雪村が確認を取ってきた。彼の表情から俺はある『意図』を読み取ろうとしたが、俺の思い違いだったのか、はたまた彼のほうが役者が上のためか、何も読み取ることはできなかった。

「はい。お受けします」

それなら、と敢《あ》えて火中の栗《くり》を拾うべく、依頼自体を受けることにする。

「料金体系を説明してもらえますか？」

だが未《いま》だに動揺を引き摺《ず》っていたようで、雪村から問われるまで当然なすべき事務的な通知を俺はすっかり忘れていた。

「大変失礼しました」

焦って料金表を取り出し、説明をはじめる。

「了解しました」

雪村は俺の話を聞き終えると質問をするでもなく、あっさりと頷き立ち上がった。

「すぐに調査に入ってください。進捗《しんちょく》は毎日お知らせいただけると助かります。連絡は先ほどお渡しした名刺の、携帯電話の番号におかけください。藤堂君人さんが見つかった場合は、早朝でも深夜でもかまいませんのですぐに連絡をいただけますか？」

よろしくお願いいたしますと一礼し、雪村は入室したときと同様、颯爽《さっそう》と部屋を出ていった。

バタン、と扉が閉まったと同時に俺は、テーブルに置かれたままになっていた『西宮薫』のやや古びた写真を手にとり、まじまじと眺めてしまっていた。

似ている。クリソツだ。俺の知る男との相似を改めて確かめ、溜め息を漏らす。

しかもその似ている男の名前は『君人』という。そう、春香の恋人の『君人』だ。その上年齢も二十歳とあっている。果たしてこれは偶然だろうか。

君人の名字を思い出そうとしたが、『知らない』という結論はすぐに出た。春香も一緒のときには話くらいするが、そうした際には当然ながら『名字はなんていうの？』なんて会話にはならない。

第一俺は君人と二人で会話を交わしたことが殆《ほとん》どないのだった。なので名字を知る機会もなかったのだが、しかし、ここまで顔が似ているとなると、やはり君人こそが西宮家が今捜しているという『藤堂君人』である可能性は限りなく高い——気がする。

しかし。

気になるのはなぜ、俺に依頼をしにきたか、ということだ、と、写真をテーブルの上に放り腕組みをして考えはじめた。

偶然なのか。都内には数え切れないくらいに探偵事務所がある。佐藤探偵事務所が是非とも依頼をしたいと思うほどに有名であるのなら依頼があっても不思議はないが、謙遜《けんそん》でもなんでもなく『それはない』と断言できる。

ではなぜ雪村は依頼をしてきたのか。君人が俺のごく近くにいるとわかっていたからじゃないのか。そう疑わざるを得ない。が、理由はさっぱりわからない。

もしも君人の行方がわかっているのだとしたら、なぜ雪村は直接君人本人にコンタクトを取らないのか。普通に考えればそうするだろう。それをしない理由は果たしてなんなのか。

まずすべきは君人に確認を取ることだろうが、なんとなくそれは避けたほうがいいのでは、という気がして仕方がなかった。

なんだろう。この、胸騒ぎともいうべき感覚は。

直接君人に問うより、まずは春香に聞いてみよう。とはいえまだ、偶然似ているだけ、という可能性も捨てきることはできないのだが。

「いや、その可能性はないな」

と、そのとき、聞き覚えがありすぎるほどにある男の声が室内に響き、俺ははっとして声のほうを振り返った。

「華門《かもん》……っ」

いつドアが開いたのかまるでわからなかったものの、事務所のドアにはその声の主が——一応、俺の恋人でもあるはずの最強のスナイパー、J・Kこと華門穣《じょう》が寄りかかり、

「やあ」

と右手を上げていた。

2

「華門……っ」

声をかけたときには華門は俺に歩み寄り、唇を唇で塞《ふさ》いでいた。

「んん……っ」

いつもながらの唐突な登場。そして唐突な行為。舌をきつくからめとられる熱烈なくちづけに、早くも頭がくらくらしてくる。

華門と最後に会ったのは先月の終わりだった。久し振りに会いたい気持ちが募り、俺が呼び出したのだ。

華門と俺との出会いは一年ほど前に遡《さかのぼ》る。華門は闇《やみ》社会では超がつくほど有名な殺し屋であり、当初彼は俺を殺せという依頼を受けコンタクトを取ってきたのだった。

幸いなことに俺は、有能であることこの上ない殺し屋であるはずの華門に殺されずにすんだ。かわりに、というわけでもないのだが、彼との出会いをきっかけに二人の、俺からしてみたら『親密な』関係がはじまり、今に至っている。

華門自身がどういうつもりでいるのかはわからないが、俺が呼べばすぐに駆けつけてくれることこそが答えだろう、と自分を納得させていた。

今日は呼んだわけでもないのに駆けつけてくれた彼が、事務所のソファに俺を押し倒しシャツのボタンを外しにかかる。

まだ日は高い、とか、せめて事務所に『closed』の札をかけようとか、言うべきなのはよくわかっていたが、ほぼ一月ぶりの彼との逢瀬《おうせ》に、彼の唇の感触に、既に俺は酔いしれていた。

華門が素早く俺から服を剝《は》ぎ取っていく。気づけば俺は全裸でソファに横たわり、胸に顔を埋《うず》める華門の頭を抱き締めていた。

「ぁ……っ……ん……っ」

ざらりとした舌で片方の乳首を舐《ねぶ》られると同時に、もう片方を彼の繊細な指で摘《つま》まれる。どうやら俺の胸には性感帯があるらしく、ことさら乳首を弄《いじ》られるのに弱いようだ。

「あぁっ」

特に強い刺激には性的興奮をより煽《あお》られ、華門に乳首を強く嚙《か》まれたと同時にもう片方をきゅうっと抓《つね》り上げられたときには、我ながら恥ずかしいくらいの高い声を漏らしていた。

「…………」

華門が俺の乳首を舐る動きは止《や》めずに目だけを上げ、にや、と笑ってみせる。

「な……っ」

いいんだろう？　そう問いたげな視線に羞恥《しゅうち》が勝り、悪態をつこうとしたときにまた、コリッと音がするほど強く乳首を噛まれた。

「やぁ……っ」

びく、と身体《からだ》が震え、またも唇から高い声が漏れる。黒ずくめの洋服を一枚も脱いでいない華門のスラックスに擦《こす》れる雄は早くも熱を孕《はら》んでいた。

気づいた華門がまた目だけを上げ、ニッと笑いかけてくる。恥ずかしさから手で隠そうとした、その手を払い退《の》けると華門が俺の雄を軽く握り、先端のくびれた部分を親指と人差し指の腹で擦り始めた。

「あ……っ……あぁ……っ……あっ……あっ」

乳首を舐られ、噛まれながら、雄の最も敏感な部分を攻められ、俺の口からは我慢できない喘《あえ》ぎが漏れてしまっていた。

身体中が熱を持ち、汗が噴き出すのがわかる。速まった鼓動が耳鳴りのように頭の中で響く中、自然と腰が捩《よじ》れてしまっているのは、快感が増すうちに後ろが疼《うず》き始めてしまったせいだった。

華門と抱き合うようになってから俺の身体は確かに変わった。思いも寄らない方向に。三《み》十路《そじ》をすぎてまさか、性的指向が変わるなんて、想像したこともなかった。

じんわりと熱を持ち、ひくひくと内壁が蠢《うごめ》き始めた後ろを持て余し、またも腰を捩ると、華門が俺の雄を扱《しご》いていた手を後ろへと滑らせてきた。

「んっ」

つぷ、と指先がねじ込まれる。乾いた痛みを覚えたのは一瞬で、俺の後ろは更にひくつきが増し、華門の指を奥へと誘《いざな》おうとした。

「………っ」

恥ずかしい——華門の視線を感じ、彼から目を逸らせる。こんな身体にしたのは華門本人ではあるものの、あたかも待ちきれないというような自身の反応を自覚してしまうともう、恥ずかしくてたまらなくなった。

更に恥ずかしいのはこの羞恥が興奮を煽ることだ。ますます内壁の蠢きは活発になり、触れられてもいないのに勃《た》ちきった雄の先端からは先走りの液が滴《したた》り落ちていた。

「欲しいか」

俺の胸から顔を上げ、華門が問いかけてくる。

「………」

欲しい。欲しいが頷くのは躊躇《ためら》われる。男が男に抱かれたいと願うことにまだ抵抗を覚えているがゆえの躊躇なのだが、華門には理解できないのか、はたまた理解した上での意地悪からか、再度同じ問いかけをし、じっと俺を見下ろしてきた。

「欲しいのか？　と聞いたんだ」

「……あっ」

華門の指が後ろから一気に抜かれる。指を追いかけるようにして内壁がざわつくのに、堪らず声を漏らした俺の耳に、華門の笑いを含んだ声が響いた。

「身体のほうが正直だな」

「てめ……っ」

やっぱり『理解した上での意地悪』だったのか、と思わず悪態をつこうとしたが、そのときにはもう華門に両脚を高く抱え上げられていた。

「欲しいよな？」

にや、と笑った彼がいつの間に取り出したのか、逞《たくま》しい雄の先端を露《あら》わにした俺の後孔《こうこう》に擦りつけてくる。

「……ん……っ」

途端に入り口が華門の雄をあたかも咥《くわ》え込もうとするかのようにひくつく。これでは答えを渋るのも馬鹿《ばか》馬鹿しい、と俺は半ば自棄《やけ》になり、華門を見上げ口を開いた。

「欲しいよ」

「素直でいいな」

ふふ、と華門が笑ったかと思うと、俺の両脚を抱え直したあとに一気に雄をねじ込んできた。

「あぁっ」

いきなり奥まで貫かれ、一瞬息が詰まる。が、次の瞬間始まった荒々しいほどの激しい突き上げに、俺の口からは息と同時にＡＶ女優でもここまで喘ぐまいという高いトーンの声が漏れていた。

「あっ……あぁっ……あっあっあっあっ」

体温が数度上がっているのではと思うくらいに全身が熱い。吐く息も熱ければ脳まで沸騰してしまったのではという熱さで、思考力はほぼないような状態だった。

汗が噴き出す肌も熱ければ、張り詰める雄も熱い。一番熱いのは華門の雄が抜き差しされる後ろで、灼熱《しゃくねつ》の中、自身ではコントロールがきかないくらいに激しく内壁が収縮していた。

「もう……っ……あぁ……っ……もう……っ」

喘ぎすぎて喉《のど》が痛いし、呼吸困難にもなりつつあった。いつしか閉じてしまっていた瞼《まぶた》の裏で極彩色の花火が何発も上がる。

苦しい、と喉を仰《の》け反らせた俺の耳に、遠く、くす、と笑う華門の声がしたと思った直後、彼の手が俺の片脚を離し、二人の腹の間で爆発しそうになっていた俺の雄を握り、一気に扱き上げてくれた。

「アーッ」

昂《たか》まりに昂まりまくっていたところに与えられた直接的な刺激に耐えられるわけもなく、獣の咆吼《ほうこう》といわれてもおかしくない大声を上げて俺は達し、華門の手の中に白濁した液を放っていた。

「……っ」

射精を受け、今まで以上に激しく後ろが収縮する。その刺激で華門も達したらしく、微《かす》かな息を漏らした音を聞いた次の瞬間、ずしりとした精液の重さを中に感じた。

「……あぁ……」

充足感が胸に満ち、嘆息を漏らした俺の耳に、華門の淡々とした声が響く。

「まだし足りないのか」

「え？」

そうとるか、と慌てて目を開けたときには、華門が再び俺の両脚を抱え上げていた。

「いや、そうじゃなくて……」

「仕方がないな」

言い訳をしようとしているのに聞こえないふりを貫く華門の顔には笑みがある。

「わざとだな」

勘違いしてみせたのは、と睨《にら》んだのも一瞬で、達して尚《なお》硬度を保っていた華門の雄に奥底を抉《えぐ》られ、う、と息を詰めた。

くちゅ。

先ほど華門が放った精液が淫靡《いんび》な音を立てつつ、後ろから零《こぼ》れる。

「や……っ……」

まだ息も整っていないというのに、俺の身体には早くも熱が戻りつつあった。

「………………」

それでいい。華門が無言のまま微笑んだあとに、やにわに突き上げを開始する。

「あっ……あぁ……っ……あっ……あっ……あぁ……っ」

それから暫《しばら》くの間——二度目の絶頂を迎え、過ぎるほどの快楽に俺が失神してしまうまでの間、すっかり嗄《か》れた俺の喘ぎ声が事務所内に響き渡ることとなった。


「大丈夫か」

目を開いたと同時に、目の前にミネラルウォーターのペットボトルが差し出された。

「あ、うん」

起き上がるときに背に掌《てのひら》を添えてくれる。華門の優しさに感謝しつつ身体を起こした俺は、そこが事務所ではなく生活スペース内にある俺の寝室だということにようやく気づいた。

「運んでくれたんだ」

「ああ」

水を飲む前に問いかけた俺に華門が頷く。

「ありがとう」

「どういたしまして」

礼を言うといつものように華門の『どういたしまして』を聞くことができた。殺し屋のくせに――『くせに』というのは適した表現じゃないのかもしれないが――華門は妙に礼儀正しいところがある。

俺に手渡す前にペットボトルのキャップを外してくれる優しさもまた、殺し屋らしくないと思う。が、いくら『らしく』なくとも華門が殺し屋であることは変えようのない事実だと思い知らされるような会話が二人の間で始まることになった。

ペットボトルを飲みきると華門が手を伸ばし空のペットボトルを受け取ろうとした。

「いや、いいよ」

そこまでしてもらうのは悪い、と断ったあたりでようやく俺の思考は普段どおり働きはじめた。

「なあ、華門。お前さっき妙なこと言ってなかったか?」

第一、なぜ今日現れたのか。俺が電話したわけでもなかったよな、と問いを重ねようとすると、華門の手が伸びてきて俺の手の中にあったペットボトルを強引にもぎ取った。

「なに?」

「西宮家の依頼を受けるのか?」

「え？」

「ああ……既に受けていたな」

唐突な問いにも驚き、声を上げると既に華門は一人で答えを見つけていた。

「気をつけろ」

見つけた上でそんなアドバイスをする華門の腕を、わけがわからない、と摑《つか》み顔を覗き込んだ。

「どういうことだ？　あの依頼が胡散臭いってことか？　やはり俺に依頼してきたのは偶然ではないと？」

「そのとおり」

華門があっさり頷く。

「やっぱり……」

そうだったか、と頷いたあと、なぜ華門がそれを知っているのだ、と彼を見る。

「お前なら君人を確実に早く見つけ出し、連れてこられると、そう判断されたんだろう」

「……ってことはやっぱり、藤堂君人はあの君人なのか？」

「お前が彼の名字を知らないことに驚いた」

華門は皮肉を言っているわけではなく、本当に驚いているようである。

「……まあ、そうだよな」

知り合ってほぼ三年になるというのに、名字を知らないというのもおかしな話である。頷いた俺を慰めてくれようとしたのか、華門がぼそりと言葉を告げた。

「極力、名字を知られるのを避けていたのかもしれないが」

「……西宮家とのかかわりが知られるのを恐れて……？」

その可能性があるか、と思いついたことを確認すると華門は「どうだろうな」と肯定も否定もしなかった。

「君人は自分の父親について、何か知っているんだろうか？」

つい華門に問うてしまったが、それを彼が知るわけがないか、と気づき、彼の知って、もしくは推察できそうな問いに変える。

「しかしなぜ君人の行方がわかっているのに、直接コンタクトを取らないんだ？」

「それは」

答えを得られるかは半信半疑だったが、華門はその『答え』を知っていた。

「西宮一豊には知らせていないからだ。既に君人を見つけ出していることを」

「え？　あの弁護士がか？　なぜだ？」

「弁護士自身ではないだろう。背後に誰かいる。が、それは俺にもわからん」

「『俺にも』……」

ここでようやく俺は、そもそもなぜ華門が今回の依頼の背景をそうも知っているのかという当然の疑問を覚え、それを彼に問いかけることにした。

「なあ、華門」

質問の内容を告げるより前に華門には俺の疑問がわかっているようで、呼びかけただけで答えをくれたのだが、それは俺を酷《ひど》く驚かせるものだった。

「依頼されたからだ。殺しの仕事を」

「えっ⁉」

淡々と語られた言葉の内容に驚いた直後、絶句している場合じゃない、とその『仕事』の対象を確かめる。

「誰の？　君人か？」

君人を殺せと命じられたのか、という俺の問いに華門はあっさり頷いた。

「そうだ」

「ちょっと待ってくれ。本気か？」

まさか仕事を受けたのか、と俺は身を乗り出し、華門の肩を摑んだ。と、華門はふっと笑って肩を揺すると、

「安心しろ。断った」

と告げ、安堵《あんど》したあまり俺の手は彼の肩から滑り落ちた。

「……そうか……」

よかった、と息を吐き出した俺の耳に、相変わらず淡々とした華門の声が響く。

「報酬が少なかった」

「……それじゃあ……」

もし満足のいく報酬額であった場合は、依頼を受けたのか。思わず大声を上げそうになった俺は、華門の目を見てその言葉を呑《の》み込んだ。

グリーンがかったグレイの瞳の中に星が見える。かつて彼の瞳には暗澹《あんたん》たる闇が広がっており、底知れない恐怖感を与えられたものだが、今、俺を見返す彼の目の中にその闇はなかった。

「お前の不興を買ってまで受ける金額じゃなかった」

その光がすっと瞳の奥に消えていったのは、華門が目を細めて微笑んだからだとわかったときには、俺は彼に抱きついていた。

「失神したくせに、まだしたいのか」

華門の笑いを含んだ声が耳許《みみもと》で聞こえる。その声に少し照れが混じっていると思ったのは俺の勘違いだったのだろうか。顔を見て確かめたいと思ったというのに華門がきつく抱き締め返してきたせいで身動きが取れず、それはかなわなかった。

「華門」

名を呼ぶ俺の背を華門の腕が滑る。

「えっ」

シーツまで到達したその手にぎゅっと尻《しり》を掴まれ、まさか、と俺はぎょっとし、華門の胸に手をついて身体を離そうとした。

「どうした？」

笑いながら華門が俺を再びベッドへと押し倒す。

「もういい！　今日はもう充分だっ！」

まさか本気で勘違いをしているのか、と慌てたがもう後の祭りで、その後俺は絶倫を誇る華門により、再度喘がされる憂き目に遭ってしまったのだった。


俺が次に目を覚ましたのは翌朝だった。腰が怠《だる》い、となんとかベッドから降り、浴室へと向かう。

「…………毎度毎度……ありがたいことで……」

室内も、そして浴室も、綺麗《きれい》に片付いていた。掃除をサボっていたせいですっかり曇《くも》っていた浴室の鏡までピカピカに磨かれている。

あの外見から彼がこうも綺麗好きで、かつ家事が得意と誰が想像できるだろう。誰もできまい、と一人反語を口にしながら俺はシャワーを浴び終え、着替えてリビングダイニングへと向かった。

「…………」

テーブルの上には朝食の仕度が調っている。この様子だとさっきまで部屋にいたんじゃないか、ときょろきょろ室内を見回したが、既に華門の姿はなかった。

「一緒に食いたかったな……」

呟いた声が無人の室内に響く。

と、そのときコーヒーメーカーが、仕上がった合図の音を立てたので、俺はコーヒーを淹《い》れにキッチンへと向かったのだった。

食事を終えたあと俺は、昨日の依頼と、それに関して華門から与えられた情報を照らし合わせ熟考した結果、やはりまずは春香に相談しようと心を決めた。

昨日は付き合って千二百日目の記念日であるから、あまり朝早く声をかけるのは悪いかなと思いつつ時計を見て、既に九時を回っていることを知らされる。

全然早くないし。やれやれ、と自分の自堕落な生活に自己嫌悪の溜め息を漏らすと俺は携帯をポケットから取り出し、春香の番号にかけはじめた。

『アロー、昨日はありがと！　すっかりご馳走になっちゃって悪いわー。あ、悪いのはトラちゃんに対してじゃなかった、ロシアンによねーっ』

俺のように起き抜けではなかったらしく、爽やか——というよりやかましいほどに元気よく応対に出た春香に俺は、

「ちょっと話があるんだけど」

一人で事務所に来てくれないか、と頼んだ。

『何よ。改まって。なんの用？』

「いいから早く来てほしい。くれぐれも一人で」

お願いします、と電話を握りながら頭を下げる。その誠意が伝わったのか春香は、

『仕方ないわねえ』

と不本意そうにしながらも了承してくれ、すぐ行くと言って電話は切られた。

「コーヒーでも淹れておくか」

大慌てで新たにコーヒーメーカーをセットし、薫り高いコーヒーができあがっても春香が来る気配はない。

隣に住んでいるはずなんだけど。首を傾げつつ待つこと十五分。さすがに遅すぎないかと携帯を再度鳴らそうとしたそのとき、

「お待たせー」

ノックもなく事務所のドアが開き、ようやく春香が登場した。

「………………」

『遅かったな』系のクレームを言うと百倍になって返ってくることがわかりきっているため、敢えて口を閉ざしたというのに、春香はゼロをも百倍にする男――じゃない、オカマだった。

「なによその顔。忙しい中、来てやったのに不満なの？」

「……俺、何も言ってませんよね？」

ついい非難めいた言葉を口にしてしまうと春香は、

「顔を見ればわかるわよ」

と理不尽な返事をしたあと早々に話題を変えた。

「ところで何よ。アタシに用事って」

「まずは座ってください。コーヒー、飲みますか？」

どう切り出すかを迷い、取りあえずは椅子《いす》を勧めたことを次の瞬間俺は後悔した。

「コーヒーより紅茶が飲みたいわ」

「………………わかりました」

紅茶は準備していなかった、と肩を落としバックヤードへと向かい、ティーバッグを探し出す。絶対文句を言われるよなと覚悟しながら俺は自分のためのコーヒーと春香に淹れた紅茶を盆に載せ、事務所へと戻った。

「愛情こもってないわねー。いっそのことティーマシーンでも導入したら？」

案の定、俺の淹れた紅茶に不満の声を上げた春香は、文句を言いはしたが、カップをテーブルに下ろそうとはしなかった。

「で？　用件って？」

焦《じ》れたように問いながら、紅茶を啜《すす》る。

「君人君のことなんだけど」

迷ったが、ストレートに切り出すほうがいいだろうと判断し俺は質問を開始した。

「君人がどうしたの？」

春香が眉を顰《ひそ》め俺を見る。

「君人君の名字は『藤堂』で間違いない？」

「……そうだけど？」

ますます眉間《みけん》の皺《しわ》を深めながら頷いた春香だったが、続く俺の問いには答えることなく口を閉ざしてしまった。

「春香さんは君人君の家庭について聞いたことある？」

「………」

春香がじっと俺を見つめる――というより睨み付けてくる。

「春香さん？」

黙り込んだ春香の名を呼ぶと、春香は、

「トラちゃん、どういうこと？」

硬い表情でそう言い、尚も俺を睨み付けた。

「悪い。事情もなく詮索してるわけじゃないんだ。これ、見てくれる?」

君人にとって欠片《かけら》ほどであっても迷惑になったり不利益を生むようなことは決してさせまいという春香の気持ちは、彼が口を開かずとも痛いほどに理解できたので、俺はまず、状況を説明するために一番効果的な手を使うことにした。昨日雪村弁護士から渡された例の写真を——君人の父親と思《おぼ》しき男の写真を春香に見せたのである。

「……あんた、これ……っ」

春香が驚きに目を見開き、古びた写真を手に取った。まじまじと眺めるその目は真剣で、彼が君人の父親の顔を初めて見たのだということを俺に伝えていた。

「誰?」

暫く絶句したあと春香がようやく写真から俺へと視線を移し、問いかけてくる。

「君人君の父親かもしれない人物の写真なんだ」

「父親?」

意外そうな声を上げる春香に俺は、すべてを説明するべく口を開いた。

「昨日、雪村という弁護士から『藤堂君人』という人物を捜してほしいと依頼があった。理由は彼が顧問弁護士をしている西宮一豊という人が余命三ヶ月と宣言されていて、亡くなった三男の一人息子を捜してほしいと命じたためだというんだ」

「亡くなった三男……」

春香が呟《つぶや》き、写真へと再び視線を戻す。ここで俺はその西宮一豊というのが総資産百億を超えるという大地主であることや、子供が三人いるということ、一豊の配偶者は亡くなっているので遺産は長男次男とそれに君人の三人で分けることになりそうだということなどを説明した。

「総資産百億……ねえ」

春香は驚いてはいるようだったが、俺のように素っ頓狂な声を上げるほどではなかった。

「春香さんは君人君から西宮家についてとか、聞いたことはあった？」

問いかけると春香は「いいえ」とすぐさま首を横に振った。

「両親については？」

「亡くなっているとは聞いてたけど、どこの誰かとか、どんな人だったのかとかはまったく聞いたことがないわ」

「そうなんだ？」

家族の話題には触れないようにしていたのだろうかと思いつつ相槌《あいづち》を打つと、果たして春香は、

「あまり話したくなさそうだったからね」

と溜め息交じりにそう言い、君人との馴《な》れ初《そ》めを話しはじめた。

「君人と付き合い始めて暫くしたあとで彼が話してくれたんだけど、アタシと出会うより前の人生は辛《つら》いことばっかりだったんですって。両親を早くに亡くして、母親の親戚《しんせき》をたらい回しにされてきたって。かなりきつい環境だったみたいで十七のときに家を飛び出して、もうどうとでもなれと自棄になりかけていたところに天女みたいに綺麗で優しい人が現れて、生きていくのに希望が湧《わ》いてきたんですって」

「天女……ってまさかと思いますが、春香さんのこと？」

為念とばかりに確認をとると春香は、

「当たり前でしょ」

とちっとも当たり前ではないのにそう言い切り、話を続けた。

「一度だけ、何かの機会に彼の両親の話題になったことがあったけど、君人は『よく知らない』と言ってたわ。父親も母親もほとんど記憶に残っていないって。何歳のときにどちらが亡くなったとか、詳しい話はわからないけど」

「そう……ですか」

となると君人は父親の名を知らない可能性があるか、と独りごちた俺の前で春香がまじまじと写真を眺め口を開く。

「そっくりよね」

「赤の他人というには無理があるほど似てますよね」

うん、と俺も頷き、手を伸ばして春香から写真を受け取った。同じくまじまじと眺め、やはり親子としか思えないという結論に達し一人頷く。

「……トラちゃん」

と、春香が俺の名を呼んだので顔を見やると、彼は何か言いかけたものの無言で首を横に振った。

「春香さん……君人君にはこのこと、話すべきでしょうかね、やっぱり」

呼び出した用件を口にすると、春香はまた何か言いかけたあと、はあ、と深い溜め息を漏らしてから口を開いた。

「言わないわけにはいかないでしょう。隠す権利はアタシにも勿論あんたにもないんだから」

「……ですよね」

そのとおり。そのとおりなのだが――俺は昨夜華門から聞いた話を打ち明けるかどうか迷っていた。

君人には身の危険が迫っている。彼の命を狙っている人物が西宮家の関係者に確実にいるのだ。

それを伝えても、春香は君人に伝えろと言うだろうか。知らん顔をしようという結論に達するのではないだろうか。

「………」

春香なら、自分が身体を張ってでも守ると言うだろうな、と密《ひそ》かに溜め息を漏らした俺は、命を狙われていることは明かさずにおこうと心を決めた。

春香のかわりに俺が身体を張って守ればいいのだ。『俺が』ではなく『俺たちが』だが。果たしてその『たち』が了承してくれるかはまだ確かめてはいないけれども。

「どうしたのよ、トラちゃん。黙り込んで」

春香が俺の顔を覗き込み、訝しそうに問いかけてくる。

「なんでもない。君人君に伝えるとき、春香さんも同席してもらえるよね？」

「当然よ」

任せなさい、と胸を張る春香は、それでも少し不安そうに見えた。

「どうしたの？」

今度は俺が春香に問いかけると、春香は「なんでもないわ」と同じような台詞を返したあと、はあ、と小さく息を漏らした。

「……うそ。なんでもなくはないの。君人にかぎってはそんなことないとは思うけど、ほら、人って大金を前にすると人格変わっちゃったりするじゃない？」

「……君人君は大丈夫じゃない？」

昨日のラブラブぶりを思い返すに、その不安は必要ないんじゃないか。俺の言葉は気休めでもなんでもなく本心から出たものだったのだが、春香はそれを感じてくれたらしい。

「ありがと、トラちゃん」

苦笑するようにして笑い、手を伸ばして俺の頭をぽんぽんと叩《たた》く。

「あんた、ほんとにいい子ね」

「春香さんもいい……ええと、男？　女？」

どっちと言えばいいのか。首を傾げた俺の頭を今度は春香がパシッと殴る。

「オカマよ」

怒鳴りながらもまた、ぽんぽんと俺の頭を叩いてくれた春香は少し吹っ切れたような顔になっていて、よかったなと俺はこっそりと安堵の息を吐いたのだった。

3

君人はバイトから十六時には戻るというので、その時間に俺は春香と君人の愛の巣で——

勿論ベッドルームなどではなくリビングで彼の帰りを待つことにした。

十六時ちょうどに玄関から「ただいま」の声が響き、君人が姿を現す。

「あ……いらっしゃい」

リビングにいる俺を見た瞬間、君人の頬《ほお》から笑みが消えた。それでも一応挨拶《あいさつ》してくれた
彼に俺は、

「お邪魔しています」

と頭を下げたあとに、

「ちょっと、いいかな」

と切り出した。

「…………」

『いい』とも『悪い』とも答えるより前に君人が春香を見る。

「……大事な話だから聞きなさい」

春香は一瞬言いよどんだものの、すぐにキリッとした表情になるとそう言い、俺の後ろに立った。

「場所、かわってもらっていい？」

君人が俺に対し、目でラブチェア前の一人掛けの椅子を示す。

「え？　ああ、ごめん」

ラブチェアは春香と君人用のもので、他人には座らせたくないというわけか。察した俺はすぐに立つと、向かい合って話すためにソファ前に春香が置いていてくれていた椅子に移動した。

「春香」

君人がラブチェアに座り、春香を見上げる。春香は慈愛に満ちた笑みを浮かべ君人に向かって頷くと彼とぴったり身体を密着させてソファに座った。

「大事な話って何」

ぶすっとしたまま君人が俺を真っ直ぐに見据え問いかける。

「……君の名字は藤堂で間違いないよね」

話のとっかかりのためにそう問うと、君人は眉を顰めつつも「そうだけど？」と答えてくれた。

「……君のお父さんの名前を教えてもらえるかな」

だが俺のこの問いを聞き、君人は傍目《はため》にもわかるほど動揺した。

「君人？」

隣から春香が心配そうに問いかける。

「…………父親とか、興味ないんだけど」

暫しの沈黙の後《のち》そう答えた君人は、しっかりと春香の手を握っていた。春香も彼の手を握り返し、顔を覗き込む。

「名前は知ってるのね？」

「…………」

君人が春香を見返し、こくり、と首を縦に振った。が、口を開く気配はない。

「西宮薫で間違いないかな？」

それなら、と俺が名前を言うことにした。君人がはっとした顔になり、俺を見る。

「君を捜してほしいという依頼を西宮家の顧問弁護士から受けたんだ」

言いながら俺は昨日雪村から渡された、薫の写真をポケットから取り出し君人に渡した。

「…………」

君人は食い入るように自分とそっくりの父の顔を眺めている。

「お母さんの名前は……？」

本人に確認するまでもなく、戸籍を取り寄せれば両親の名は知れる。が、君人本人の知らないところで彼の出生を探るようなことはしたくない、というのが春香の希望だった。

母親の名前が一致すればまず間違いないだろう。そう思い問いかけた俺の前で君人は暫く黙っていたが、やがてぼそりと、

「景子……藤堂景子」

漢字は『景色』の『景』だと告げ、俯《うつむ》いた。

「……間違いない。君は西宮一豊氏の孫だ」

思わず溜め息を吐きそうになるのを堪《こら》えると俺は、依頼人から聞いた内容を君人にも話し始めた。

「西宮一豊という君の祖父にあたる方が余命三ヶ月と宣告され、それで行方知れずの孫を捜すことになったそうだ。西宮家は資産家で、総資産は百億をくだらないという話だった」

「百億……大金すぎて想像がつかないや」

君人がぼそりと呟き、隣の春香を見る。

「そうね」

春香が相槌を打ち、君人の手を握り締めた。

「一豊氏の妻は他界していて、息子が三人いるが、長男も次男も未婚だそうだ。三男の薫さんは——君人君のお父さんは、その……」

自分の父親が既に他界していることを君人は知っていると春香は言っていたが、本当だろうか。春香を疑うわけではないのだがと、言葉に詰まった俺のかわりに、君人があっさり俺

が言えなかった言葉を告げてくれた。

「俺の父は亡くなってると聞いた」

「……そう、亡くなってる。そして君以外に子供はいなかった。となると一豊氏の百億の財産は彼の長男次男——君人君には伯父《おじ》にあたる二人と、それに君人君で三等分されることになる。基本的には……だけど」

「三分の一？」

君人が不思議そうな顔になったのに、横から春香が俺のかわりに解説してくれた。

「相続人が亡くなっている場合、一代に限りその子供がかわりに相続できるのよ」

「ヘンなの。子供と孫が同額相続できるなんて」

尚も君人は首を傾げたが、

「そういう決まりなのよ」

と春香に言われ、ようやく納得したようだった。

「なるほどね……ってことは、百億の三分の一を相続するのか、俺」

へえ、と感心してみせる君人の横から、春香がさりげなさを装った声で話しかける。

「遺言状があった場合には、三等分ではなくなるかもしれない。でも遺留分は確実に相続できるわ。勿論、必ず貰《もら》わなくちゃいけないということもないの。放棄もできるのよ」

春香の心情としては、君人に遺産を放棄してもらいたい。それが本心であると、君人が帰ってくるまでの間の会話で俺はそう察していた。

『性格的に、あまりお金に頓着《とんちゃく》してないと思うのよね』

お金はあって困るものじゃないけど、大金を手にすると人生躓《つまず》くことが多い。君人には道を踏み誤ってほしくないのだ、と告げる春香は相当思い詰めた顔をしていた。

「……うん……」

春香の言葉に君人が頷き、口を閉ざす。彼の視線は一点を――未だに手に持っていた父親の写真へと注がれていた。

「三十三億……」

ぽつん、と君人が呟き、春香を見る。春香は無言で君人を見返し、その手をぎゅっと握り締めた。

「お金なんていらないわよ……ね？」

春香がそう言い、君人の顔を覗き込む。

「……でも……」

俺も、そして春香も当然君人は『うん』と頷くものだと思っていた。俺はそれほど君人の人柄には詳しくないが、そんな俺の目から見ても君人が金に執着するようなキャラクターとは思えなかったからだ。

だが君人は頷かなかった。『でも』と言ったあと暫く沈黙が続いたが、やがて春香が、

「『でも』?」

と言葉の続きを促すとようやく口を開いた。

「……三十三億あれば俺も……ロシアンみたいなこと、できるよね?」

「え? ロシアン?」

唐突に出てきた鹿園の名——じゃなくてあだ名だが——に、春香が戸惑った声を上げる。

俺もわけがわからず首を傾げたのだが、続く君人の説明を聞き、ああ、そういうことかと納得した。

「昨日、春香がロシアンの予約した店で楽しそうだったから……お金があれば俺も春香に贅《ぜい》沢《たく》させてあげられるし」

「もう君人ってば!」

春香もまた納得したらしいが、彼の場合は『納得』を通り越し感動してしまったようだ。

「いいのよ! アタシはあんたといるだけで幸せなんだからっ」

涙を流しながら君人に抱きついていく。

「……俺も……」

君人もまた感極まった声を上げ、春香の背をしっかり抱き締めると二人は少し身体を離しキスをしようとした。

「もしもーし!」

そういうことは俺が帰ったあと思う存分やってくれればいい。すっかり忘れ去られているらしい自分の存在を大声を上げることで主張すると、春香も君人も、ほぼ同時にチッと舌打ちし、ようやく俺を見てくれた。

「まだいたんだ」

「トラちゃん、空気読みなさいよ」

「……読みたいですよ。でもまだ用件終わってないもんでね」

非難の視線を向けてくる二人に対し、そこまで大人になりきれなかった俺もまた愛想の欠片もない口調で確認を取った。

「それじゃあ君人君は遺産を放棄すると西宮家に伝えていいんだな？」

「いいわ」

即答したのは春香だった。

「ね、君人」

さあ、続きをやりましょう、と君人の背を抱き締める。が、君人の腕が春香の背に回ることはなかった。

「…………やっぱり、遺産、貰おうと思う」

ぼそ、と呟くようにしてそう言うと、

「え？　どういうこと？」

動揺する春香から身体を離そうとしたのかラブチェアから立ち上がる。

「君人？」

春香もまた立ち上がり、君人に縋《すが》ろうとした。そんな彼を君人が振り返りきっぱりとした語調で言い放つ。

「お金は邪魔になるもんじゃないから。この先、春香と一緒に暮らしていく中で、あのお金があったら、なんて思う日が来ないとも限らないし」

「そのときは……アタシがなんとかするわよ」

春香の言葉に君人が首を横に振る。

「俺もなんとかしたいんだ。春香は俺が金持ちになるのはイヤなの？」

「……別にイヤじゃないけれど……」

問いかけられ、春香が俯く。

「ただ……あんたが心配なだけよ」

「心配？　何が？」

君人が眉を顰め問い返す。

「まさかと思うけど、俺たちの関係が壊れるとか、そういうこと心配してるの？」

「そうじゃなくて……」

春香は否定したが、彼の表情は俺が見ても『取り繕っている』とすぐわかるものだった。

「春香は俺が金で変わるような男だと思ってるんだ」

はあ、と君人が溜め息を漏らす。

「そうじゃないわよ。アタシはただ……」

「もういい」

言い訳をしようとした春香の発言を君人はぴしゃりと遮ると、

「ちょっと出てくる」

という言葉を残し、部屋を駆け出していった。

「君人！」

春香はあとを追おうとしていたようだったが、結局はそのままラブチェアに一人腰を下ろしてしまった。

深い、深い溜め息を漏らす春香の肩はがっくりと落ちている。

「相続前に、アタシたちの関係、終わっちゃったりしてね……」

力なく呟く春香の声はあまりに悲愴《ひそう》感が漂っており、慰めずにはいられなくなった。

「それはないと思うけど」

「トラちゃんに慰められるようじゃ、アタシも終わりね」

ふふ、と春香が笑い俺を見る。

「酷いな」

悪態がつけるところをみると、どん底まで落ちてるわけではないようだ。少々ほっとしていた俺の前で春香が、また、はあ、と溜め息を漏らす。

「確かに、お金で人が変わるんじゃないかという心配もあったけど、なんていうのかしら……上手《うま》く説明できないんだけど、なんとなく不安なの。君人の身に危険が迫っているような、そんな気がするの」

「……っ」

すごい勘の良さだ。感心していた俺をずっこけさせるような言葉を春香が続けて告げる。

「まあ、二時間サスペンスの見過ぎかもしれないわね。遺産相続と殺人事件がワンセット、みたいな刷り込みがされてるのかも」

「……不安の根拠はソレなんだ」

感心して損した、と、内心がっかりしていた俺の前で春香が突然頭を下げる。

「なに？」

「お願いよ、トラちゃん。君人を守ってあげてね」

俺を真っ直ぐに見つめる春香の目は真剣だった。

「本来ならアタシが身体を張って守ってやりたいけど、君人、怒ってもう、ココには帰ってこないかもしれないからさ。だからトラちゃん、お願い。あの子の身に危険が迫ったり、それ以外にも西宮家であの子が嫌な思いさせられそうになったら、あんたがアタシのかわりに彼を守ってほしいの」

「春香さん……」

真摯《しんし》な光を湛《たた》えた春香の瞳がみるみるうちに潤《うる》んでくる。

深い、海よりも深い愛情を目の当《ま》たりにし、俺は感激のあまり一瞬言葉を失った。が、すぐさま、任せてくれ、と頷いてやる。

「わかった……でも、君人君はすぐここに戻ってくると思うよ」

慰めるつもりはなく、思ったことを言ったというのに、春香は泣き笑いのような顔になり、ぺしっと俺の額《ひたい》を叩いた。

「いて」

「トラちゃんに慰められるようじゃ、ほんと、アタシも終わりよねー」

そっぽを向きながら、さりげなく目を拭《ぬぐ》っている。

「別に喧嘩《けんか》するの、はじめてじゃないよね？」

そうも落ち込むところをみると、もしや、と思い問いかけると、

「そりゃはじめてじゃないけど、あんなに怒らせたのははじめてかも……」

春香はそう言い、俺に背を向けたまま、はあ、と溜め息を漏らした。

「今までは帰るところがなかったけど、三十三億も手に入れたら、どこへでも行きたい放題だもんね……」

ぽつりと呟く春香には同情したものの、それは違うんじゃないか、と俺はつい、余計なお世話の一言を告げてしまった。

「それ、君人君には言わないほうがいいと思う」

「………」

それを聞き、春香ははっとしたように俺を振り返ったが、彼の顔にはこの上ない自己嫌悪の念が表れていた。

「……そうよね。ありがと、トラちゃん」

礼を言い、また春香が俺に背を向ける。

「やっぱり君人、戻ってこないかもしれないわね」

「来るって」

落ち込ませる気はなかった。ごめん、と広い春香の背に詫びながら俺は、雪村に君人の件で連絡を入れるより前に、常日頃から非常に世話になっている春香と君人を仲直りさせるために力になれないかと、そのことに頭を悩ませていた。

春香を宥《なだ》めて事務所に戻ると、事務所のドアを背に君人が一人佇んでいた。

「やあ」

他になんと声をかけていいかわからず、そう言ったが君人は、ふん、とそっぽを向き返事をしてもくれなかった。

「入る?」

それでも俺がドアを開くのに退いてくれたし、中に誘うと無愛想な態度のままあとに続いて事務所内にも入ってきた。

「コーヒー飲むかい?」

問いかけ、バックヤードに向かおうとする俺の背に君人の声が刺さった。

「春香、どうしてた?」

「落ち込んでた。早く戻ってあげなよ」

俺は三十一歳、君人は二十歳。十歳以上年上なのでタメ語を使ったが、君人は自分は俺にタメ語を使っておいて酷く不愉快そうな顔になると一言、

「馴れ馴れしいんだけど」

と吐き捨てた。

「はい?」

最初意味がわからず問い返すと君人は、

「俺ら、友達じゃないだろ?」

そう言い、じろりと俺を睨む。

「………春香さんは落ち込んでいたから、お帰りになったらどうですか？」

俺は大人なのでそのくらいのことで切れたりはしない。単に君人の八つ当たりであることもわかっていたため、ここは丁寧語に直し同じ言葉を彼に告げた。

「……むかつく」

それでも君人の意には添わなかったようで、むっとした顔のままそう吐き捨てられる。

いい加減にせえよ、とさすがにむかっときつつ、バックヤードに向かいコーヒーメーカーを操作していると、暇を持て余したらしい君人がやってきて俺に絡みはじめた。

「ガキとか思ってんだろ。ガキだよ。悪いか」

「何イライラしてんだよ。春香さんは何も、お前が金で変わるような男だとは思っちゃないんだぞ？」

ほら、とできたてのコーヒーをカップに注ぎ差し出すと、

「客に出すなら、キッチンハイターやっとけよ」

茶渋、付いてるぜとまたも悪態をつきつつも、君人は俺からカップを受け取り、一人事務所へと戻っていった。

「……ガキが……」

本当にむかつく、と思いながら俺も自分の分のコーヒーを淹れ、事務所に戻る。君人は俺

をソファで待っていたようだった。

「なあ」

彼から声をかけてきたので、俺は君人とは向かい合わせのソファに座り、

「なに？」

話を聞こう、という体勢を作った。

「俺、本当に三十三億も相続できるのかな」

「おそらくね」

頷くと君人は、

「『おそらく』ってなんだよ」

と尚も問いを重ねてきた。

「君が間違いなく西宮薫の子供だったら、という意味だよ。間違いないだろうが。戸籍には両親の名前が書かれているだろうから、それを提出すれば『おそらく』じゃなく百パーセント、相続できると思う」

答えてから、減額の可能性もあるか、と思いつき、言葉を足した。

「春香さんも言ってたけど、遺言状があったら、話は違ってくるかもしれない。遺言状で一豊氏が君以外の兄弟の誰かに余計に遺産が行くように書いていた場合、君の相続する遺産は減額される可能性がある。とはいえゼロにはならないよ。法定相続人には遺留分というのが

保証されているから」

「遺留分……」

意味がわからない、というように君人は首を傾げたが、うろ覚えの内容を俺が説明するより前に、問いを発してきた。

「じゃあ、何があろうが、いくらかは相続できるってわけだよな？　俺が西宮薫の本当の息子なら」

「ああ」

頷く俺に、君人が問いを重ねる。

「相続できない可能性はないんだよな？」

「ああ」

再度頷いてから俺は、確かいくつか除外例はあったな、と刑事時代に担当した、遺産絡みで起こった殺人事件のことを思い出した。

「普通はその可能性はない。が、たとえば遺産絡みで他の相続人に対し相続を妨害するような犯罪行為を働いたとか、そういった場合は相続権がなくなる。あとは被相続人が事前に家庭裁判所に相続させたくないと申告し、それが通っていた場合もだ。でもどちらも君人君にはあてはまらないだろう？」

「ああ、なんか知ってるな、それ。どっちも二時間サスペンスで観たような」

君人が考え考えそう言うのに、お前らカップルはどれだけ二時間サスペンスが好きなんだ、と俺は心の中で突っ込みを入れた。

「でもさ、俺は犯罪を行わないけど、西宮なんとかが家庭裁判所に申告してる可能性はあるよな」

暫く考えたあと君人がそう言ってきたが、その可能性はない、と俺は首を横に振った。

「もしそうだとしたら、わざわざ行方を捜させないと思うけど」

「ああ、そうか。あんた、意外に鋭いな」

偉そうに君人が俺を評価する。

「そりゃどうも」

むかつくぜ、と思いつつ一応礼を言うと、君人は、

「ま、そのくらい気づいて当然か」

またも人をむかつかせることを言い、冷めてしまったコーヒーを飲んで「不味《まず》い」と顔を顰《しか》めた。

「いい加減、怒るぞ。八つ当たりもたいがいにしてもらわないと」

堪忍袋の緒が切れる。君人を睨むと、

「随分、忍耐強いよな」

更にむかつくことを言われ、肩を竦《すく》められる。

「なのになんで依頼が形にならないんだか」

「おまえな」

ふざけるな、と怒鳴ろうとしたが、君人の表情を見て思いとどまった。随分と思い詰めた顔をしている。

もしかして、と俺は、できるだけ彼を刺激しないよう心がけつつ問いを発してみることにした。

「両親の記憶は殆《ほとん》どないんだったな。確か」

「……ああ」

君人が短く答え、空になったカップを手の中で弄《もてあそ》ぶ。

「名前は知っていた？」

「一応。父親も、母親も……でも父親の顔は知らなかった」

ぽつり、ぽつりと君人が答える。

「大地主の息子ってことも？」

「知らなかったよ。顔も知らなかったって言っただろ」

君人がまた悪態をついたが、声のトーンは随分と下がっていた。

「母親の記憶はあるんだ？」

「少し……入院してた。ばあさんに連れられて何度か見舞いに行ったけど……」

『けど』の続きが彼の口からなかなか出てこない。が、なんとなく追及するのが躊躇われる雰囲気だったので黙っていると、ようやく君人がぼそりと声を発した。

「一度も話したことはなかった……と思う」

「……そう……か」

状況はわからない。が、事実だとしたらなんとコメントしたらいいかわからないほど、子供にとっては悲惨である。

「俺が三歳のとき、母は病院で亡くなった。そのあとすぐばあさんが……母の母も亡くなって、その後は親戚をたらい回しにされて育ったんだ。父親の名前はばあさんから聞いたんだと思う。うろ覚えだけど。金を渡しに来たきり、一度も見舞いに来ないうちに死んだと話していた記憶がある……子供の頃の記憶だから、確かじゃないけどな」

ぽつり、ぽつりと君人が言葉を発するが、語られる内容はどれも痛ましいとしかいいようのないものばかりだった。

「コメントはいらない。言われると多分、むかつくから」

何か言おうとしたが、なんと言っていいのか迷っていた俺の先回りをし、君人がそう吐き捨てる。

「……あ、うん」

君人の言葉は本心から出たものだろう。それはわかっていたがどうしても一言謝らずにはいられなくて、むかつかれるのを承知で俺は口を開いた。

「嫌な思いをさせて申し訳なかった」

このとおり、と頭を下げた俺の耳に、呆《あき》れた君人の声が響く。

「仕事なんだろ？　仕方ないじゃん」

「……まあ、そうなんだけど……」

それでも心の傷を抉《えぐ》るような真似《まね》をしたのは事実だし、と尚も頭を下げると君人は、

「嫌な思いをした分、大金が手に入るならいいよ」

そう言い、ニッと笑ってみせた。

「……そうだな……」

金は手に入るかもしれないが、身の危険もある。それを説明したほうがいいだろうかと迷っていた俺の前で、君人が今までとは打って変わった明るい声を出す。

「金が入ったらまず、春香と旅行に行くつもりだ。春香、行きたい国がたくさんあるみたいだから」

ベルサイユ宮殿にも行ってみたいと言ってたし、タヒチにも行きたいと言っていた。あとは、と続ける君人の姿は生き生きとしており、この楽しげな表情を是非《ぜひ》春香に見せてやりたいと思わずにはいられなかった。

「いい加減、家に帰れば？　春香さん、落ち込んでたぞ」

それゆえそう言うと君人は「そうだよな」と素直に頷き、ソファから立ち上がった。

「春香が俺を心配してくれているのはわかるんだ。でも子供扱いはされたくないっていうかさ……」

照れた様子で頭をかく君人は俺の目から見ても充分可愛く、そういうところが子供っぽいということなんじゃないかと思いはしたが、指摘すると切れられそうだったので心の中で思うに留《とど》めておくことにした。

「春香、泣いてた？」

おずおずと問いかけてきた顔も充分子供っぽい。が、俺が、

「泣きそうだったよ」

と告げたあとにみせた表情は、頼れる男そのものだった。

「帰らなきゃ」

そう告げ、飛び出す勢いで事務所を出ていく。

これで懸案が一つなくなった、と俺は溜め息を漏らしたが、自分でも顔が笑っているのはよくわかった。

もう一つの懸案を解決するにはこれしかない。うん、と一人頷き、携帯をポケットから取り出しかけ始める。

ワンコールで相手はすぐに出た。

「話がある」

互いに名乗るより前に電話に向かってそう告げた俺の耳に、相手の声が響いた。

『わかった』

それきり電話は切れたが、俺は慌てやしなかった。

なぜなら——。

「なんだ、話とは」

いつの間にか開いていたドアの向こうに、電話の相手が——華門が佇《たたず》んでいることを、今までの経験から予測しきっていたためだった。

「華門、お願いがあるんだ。話を聞いてもらえないか？」

いつものパターンだとすぐにも抱き締められ、行為に突入となるため、まずは用件を先に、と俺は彼をソファに招いた。

「コーヒー、飲むか？」

「いや、いい」

なぜか今日はコーヒーをディスられる日である。俺の淹れるコーヒーは不味いってことか？　と少々心配になっていた心理を、華門は正しく読んだ。

「ビールのほうが飲みたい気分だ」

「あ、ビールね。わかった」

そういやもう日も暮れている。俺も飲みたいかも、と頷き、さすがに事務所の冷蔵庫にはないのでキッチンへと向かおうとした。

「腹は減ってないか？」

と、華門が俺の背に問いかけてくる。

「え？　ああ、そうだな……」

　言われてみれば確かに空腹である。そういえば今日は昼食をとりそびれていたのだった、と思い出すと尚更空腹を覚えた。

「華門は？　腹、減ってるのか？」

　常に無表情の華門であるので、彼が空腹かどうかは顔を見ただけじゃわからない。思い返すに華門が何か食べているところを見たことはないかも。問いかけながらそんなことを考えていた俺は、てっきり華門は『いや』と首を横に振るものだと思っていた。

　なのに彼が口にしたのは、

「何か作ってやろう」

　という意外すぎる言葉で、仰天したあまり俺は思わず、

「ええっ？」

　と大声を上げていた。

「鹿園警視には作らせるだろう」

　華門が心なしか憮然《ぶぜん》とした表情となり、先に立ってキッチンへと向かっていく。

「作るって、お前、料理なんてできるのか？」

　華門と料理なんて、違和感ありまくりの取り合わせだ。追いかけ問うと華門は、

「お前と一緒にするな」

そう言い、ニッと笑ってみせた。

「するんだ」

想像できない、と唖然《あぜん》としていた俺の前で華門は冷蔵庫を開けると、

「ロクなものがない」

と呆れつつも、アンチョビとキャベツ、それにドライトマトの入ったオイルベースのパスタをあっという間に仕上げてくれた。

ニンニクの香りに食欲をそそられる。

「ビールよりワインがいいか」

華門はそう言い、冷蔵庫に入っていた兄貴の白ワインを取り出すと、まるで手品のような手早さで栓を抜いてくれた。

すぐさま乾杯し、我ながらがっついているという自覚を持ちつつパスタをフォークに巻き付ける。

「美味《うま》い！」

「材料があれば、他にも作ってやったんだが」

感嘆の声を上げた俺の前で、華門がぼそりと呟く。

「冷蔵庫に何もないとは、一体どういう食生活を送ってるんだか」

「……まあ、俺も兄貴も料理しないから……」

俺も家事が苦手であるのであまり他人《ひと》のことは言えないのだが——って、そもそも兄貴は他人《たにん》じゃないが——天使のような外見をしている兄貴の凌駕は、俺に輪をかけて家事ができないのだ。

本当に『できない』のか『したくない』のかはわからない。が、常に恋人に料理洗濯掃除と家事のすべてをしてもらう兄は、『常に』恋人を切らしたことがないのだった。

今、兄が付き合っているのは鹿園の兄で、いい加減別れてくれないかとやきもきさせられている。というのも、俺の兄貴に夢中になるあまり、仕事や社会的立場より兄貴を優先させがちである自身の兄の愚行を、鹿園は心の底から悩んでおり、その様を日々、目の当たりにしているためだった。

いつしか兄貴のことを考え、ぼんやりしてしまっていた俺の耳に、華門の声が飛んでくる。

「冷蔵庫に食材を入れておけ。気が向いたら作りに来る」

「え？　本当に？」

マジか、と目を見開いた俺を真っ直ぐに見返し、華門が頷いてみせる。

「嘘を言う理由があるのか？」

「……ない」

確かに。頷いた俺に華門はまたニッと笑って頷くと、すっと手を伸ばしいつの間にか空になっていた俺のワイングラスにワインを注いでくれた。

「ありがとう」

「どういたしまして」

いつものやりとりのあと、俺はほとほと感心し、つい問いかけてしまった。

「なあ、華門にできないことってあるのか？」

「……………」

華門が俺を見返し、一秒ほど考えてから口を開いた。

「ある」

「えっ？　あるの？」

てっきり『ない』という答えが返ってくるかと思ったのに、と驚く俺の前で華門が口を開く。

「セックスのときの女役」

「え」

淡々とした口調で言われたため、最初俺は華門が何を言ったのか、理解できなかった。

「ええと……」

ようやく内容を把握したものの、どうリアクションをとっていいものか迷いまくる。と、目の前で華門が心なしかまたむっとした表情となり、ぼそりと呟いた。

「冗談だ」

「華門が冗談を言うなんて！」

素でびっくりしたのでつい大声を出したが、華門の表情が『心なしか』ではなく、はっきりとむっとしたものになったので、慌ててフォローに走った。

「あ、いや、ごめん。ちょっとびっくりしただけで。てか冗談とか、今まで言ったことないだろ？　だからその……」

そのまま『帰る』とでも言われたら困る、とフォローを続けていたが、よく考えると彼は、冗談にしろなんにしろ自分が『できない』と思っている女役を俺にやらせているわけだ、ということに、超今更ながら気づいてしまった。

「あれ？　ちょっと酷くないか？」

「何が」

華門が眉を顰め問い返す。

「俺だって別に、女役をやりたくてやってるわけじゃないぜ？」

なんといっても男なんだし、と言うと華門は、それこそ珍しいことに——ふっと噴き出した。

「……っ」

今日はレアな表情ばかり華門は俺に見せてくれる。うわ、と思わず注目してしまった俺に向かい、笑顔のまま華門が失礼な発言をかましてきた。

「さんざん抱かれておいて、今更クレームをつけてくるとは。遅すぎるだろう」

「そりゃそうだけど、一応、俺だってやりたくてやっているわけじゃないということは主張したかったんだ」

今度は俺のほうがカチンときてしまい、そう言い捨てる。と、それを聞いて華門はなぜかまたふっと笑うと、今度は俺を限りなく赤面させる台詞を口にした。

「そうか。俺が相手だからしたくもない女役をしてくれているんだな」

「……っ……お前、なあ」

臆面もなくよくそんな台詞が言えるものだと絶句した俺の前で華門が席を立つ。

「え？」

「早速『やりたくもない女役』をやってもらおう」

さあ、と手を差し伸ばしてくる華門の笑顔に見惚《みと》れ、俺もまた立ち上がってその手を取りかけたのだが、そのとき俺は奇跡的にも華門を呼び出した用件を思い出すことができたのだった。

「ちょっと待った！」

何も俺は、華門に夕食を作ってもらったあとベッドインするために呼び出したわけではない。ちゃんと用事があったのだ、と手を伸ばして華門の手を握りぐっと引き寄せる。

「なんだ？」

逆に俺の手を引き返し、そのまま抱き締めようとしてきた華門だったが、俺が、

「お願いがあるんだ」

と言うと、訝《いぶか》しそうに眉を顰め顔を見下ろしてきた。

「そういやさっきもそんなことを言っていたな。なんだ、『お願い』というのは」

「それが……」

希望を口にしようとした俺の声に被《かぶ》せ、華門の淡々とした声が響く。

「誰を殺せと？」

「いや、人殺しじゃない。逆に人助けのほうだ」

わかっているだろうに、と睨んだが華門は先ほどまでの笑みはどこへやら、無表情といってもいい顔で俺を見下ろし、口を殆ど開かないような調子でぼそ、と吐き捨てた。

「俺にできるのは人殺しのみだ」

「そんなことはないよ。この間だって……」

春香の腹心の友にして、俺も日頃非常に世話になっているルポライターの麻生《あそう》が命を狙われた際、華門の働きで危機を回避することができた。あれは紛うかたなき『人助け』じゃないかと主張しようとした俺の言葉を華門が遮る。

「とにかく断る」

「ちょっと待ってくれ」

俺の手を振り解《ほど》いた彼に駆け寄り、再び手を握る。

「君人が命を狙われていると教えてくれたのは華門じゃないか！　君人を一緒に守ってほし

いんだよ。ほら、この間麻生さんのときに探偵に変装していたじゃないか。それと同じことを今回もしてもらえないだろうか。君人を守りたいんだよ！」

「俺は殺し屋だ」

華門の、少しの感情もこもっていない声が響いたと同時に、俺の手は振り解かれてしまった。

「待ってくれ」

そのまま部屋を出ようとする華門の背に縋り付こうとしたが、華門は歩調を緩めてくれなかった。

「華門！」

前に回り、正面から彼と向かい合う。と、いきなり華門が抱き締めてきたので俺は反射的に彼の腕を逃れようとした。

「ん……っ」

すぐさま唇が落ちてきて声を塞がれる。痛いほどに舌をからめとられる獰猛《どうもう》なキスに、戸惑う間もなく欲情を煽られる。

華門の腕に身体を預け、俺もまた彼の唇を貪《むさぼ》ろうとして——はっと我に返る。

「かも……っ」

このまま行為に流されるわけにはいかない。華門に了承してもらいたいのだ。共に君人を守ると。

そのために呼び出したのだから――と、華門の腕から逃れようとしたが、圧倒的な力の差が俺の抵抗を封じた。

「痛……っ」

そのまま床に勢いよく押し倒される。したたかに肩を打ち、悲鳴を上げた、その唇を再びキスで塞がれた。

やめてくれ、ともがくも、体重で押さえ込まれ、身動きもかなわない。俺の動きを封じた状態で華門は手早く俺のシャツのボタンを外し、ジーンズを下着ごと引き下げると、いきなり雄を握ってきた。

「かも……っ」

唇が外れたので呼びかけた――が、胸に顔を埋めてきた華門に乳首を噛まれ、声は喘ぎに紛れてしまった。

「あっ……」

乳首を噛まれたと同時に勢いよく雄を扱き上げられる。理性は対話を望んでいるのに、身体は実に欲望に正直で、彼の愛撫《あいぶ》に身を任せたくなってしまっている。

ダメだ、それじゃ華門の狙いどおりじゃないか。そう思い、抵抗しようとするも、華門にまたも強く乳首を噛まれ、高い声を上げてしまった。

「あぁっ」

華門の指は執拗《しつよう》に雄の先端のくびれた部分を擦り上げている。彼の舌が、唇が、俺の乳首を苛《いじ》め、快楽を煽り立てていく。

「や……っ……あ……っ……」

唇から堪えきれない喘ぎが漏れ始めたときにはもう、俺の意思はぐだぐだになってしまっていた。本当に情けない。自己嫌悪に陥っているはずなのに、全身に回る熱がそんな己の感情にすぐさま蓋《ふた》をしようとする。

「やぁ……っ」

華門が強く乳首を嚙み、冷静さを取り戻そうとした俺の理性を完全に封鎖した。滾《たぎ》る欲情を持て余し、身を捩る俺に手で、唇で、舌で愛撫を与えながら華門が俺の両脚を抱え上げる。

「あぁ……っ」

逞しい彼の雄を、激しい突き上げを期待し、俺の後ろが熱く滾る。

マズい。これでは本当に話をすることができなくなる。ちらとその思考が頭を掠めたが、挿入を拒絶することはやはりできなかった。

ずぶ、と華門の雄の先端がめり込むようにして挿《はい》ってくる。解《ほぐ》されていないところにいきなり雄を突き立てられ、乾いた痛みを感じたものの、それが苦痛となるより前に華門が一気に雄をねじ込んだかと思うと、やにわに腰の律動を開始した。

「や……っ……あ……っ……あぁ……っ」

摩擦熱のせいでひりつく後ろに、奥深いところを力強く抉られるその刺激に、体内で燻《くすぶ》っていた欲情が一気に火を噴き、俺の身体を焼き尽くしていった。

「かも……っ……あっ……あっ……あっあっあっ」

拒絶するという選択肢は最早俺から失われていた。それどころか両手両脚で華門の背を抱き寄せ、腰を突き出してしまっている。

もっともっと、奥に華門を感じたい。自分の中を彼でいっぱいにしたい。そんな望みを抱いていることを、平常時の俺では受け止めかねただろう。が、今はもう、そんな当たり前の思考すら快楽に塗《まみ》れて働かないような状態に陥ってしまっていた。

「華門……っ……かもん……っ」

愛《いと》しい男の名を呼び、更に腰を突き出す。と、華門の突き上げはますます激しくなり、俺を快楽の絶頂へと駆り立てた。

「もう……っ……もう……っ……もう……っ……あぁ……っ」

喘ぎすぎて声は掠《かす》れ、息苦しさすら感じている。でも俺は心のどこかで、この瞬間が――華門と快感を共有している時間が続くといいとも望んでいた。

呼吸が荒くなり、意識が朦朧《もうろう》としてくる。と、華門にそれが通じたのだろう。俺の片脚を離した手で雄を握りしめ、一気に扱き上げてくれた。

「あぁっ」

すぐに達した俺は大きく背を仰け反らせると、二人の腹の間に白濁した液をこれでもかというほど飛ばしていた。

華門もまた達したようで、後ろにずしりとした彼の愛液を感じる。ああ、と充足感から息を吐こうとしたが、華門が俺から身体を離そうとしているのに気づき、慌ててその腕を摑んだ。

「どうした」

淡々と問い返してきた華門は、だが、俺が行為に入る前の話題を持ちだそうとしていることに気づいてしまったようだ。

「離してくれ」

そう言い、腕を振り払おうとする彼に俺は、渾身《こんしん》の力を込めて抱きついていった。

「頼む、華門！　手を貸してくれ……っ」

「言っただろう？　俺は殺し屋だ」

するり。腕の中から華門の身体がすり抜けていく。

「殺しの依頼なら受ける。が、人助けはしない」

そのまま立ち去ろうとする華門の背にまたも俺はしがみついた。

「人生はいくらでもやり直せる！　俺はお前に人殺しをしてほしくないんだっ」

「何度も言っているが」

またもするりと華門は俺の腕から逃れると、一歩前に出、俺を振り返った。

「俺の手は血で汚れまくっている。今更別の人生など歩めるわけがない」

「生きている限り、人生はやり直せるよ！」

叫んだ俺に華門は一瞬何かを言いかけたが、思い直したように口を閉ざし踵《きびす》を返した。

「人を殺した過去は消せない。でも新しい一歩を踏み出すことはできると思う。俺はお前とその一歩を踏み出したいんだ。この先もお前と一緒にいたいんだ！」

後から思い返すに赤面ものの台詞を叫んでしまっていたが、華門は聞いているのかいないのか、そのまま部屋を出ていってしまった。

「華門！」

追いかけたかったが下半身裸の状態であったため、一瞬だけ躊躇した。が、すぐその躊躇いを捨てドアを開いたというのに華門の姿はなく、どうやって姿を消したのだと俺はただただ呆然《ぼうぜん》とその場に立ち尽くしていた。

拒絶された。そのショックは大きかった。華門の言うこともわかる。が、彼のこのところの行動は『人殺し』ではなく『人助け』だと思っていただけに、今回こそ自分の言葉を聞き入れてくれるのではないかという期待が俺にはあった。

確かに――確かに、人殺しの罪は消えない。

気づいたときには俺は一人、深く溜め息を漏らしていた。

それでも、共に生きる道を選んでほしかった。が、それは俺の願望であって華門の気持ちは違ったというわけだ。

諦《あきら》めるしかない。頭ではそうわかっているのに、またも溜め息を漏らしてしまっている自身に苛立《いらだ》ちを覚えつつ、俺はドアを閉めシャワーを浴びるために浴室へと向かったのだった。

翌日、俺は弁護士の雪村に、君人が見つかった旨、連絡を入れた。

『あなたに依頼したのは正解でした』

さすが狸《たぬき》と言おうか、雪村は賞賛の言葉を並べ立てたあと、追加の依頼として君人を西宮家まで明日の午後三時に連れてきてほしいと告げてきた。

「……わかりました。君人君の都合もあると思いますので、また連絡します」

一応了承したあと、春香経由で君人の予定を確認すると、大丈夫だというのでその旨を雪村に連絡した。

『それでは明日三時にお待ちしています』

西宮家は松濤《しょうとう》にあるという。あとで地図をメールすると言う雪村に礼を告げて電話を切ると、俺は再び春香に電話をかけた。

「明日、一緒に来るよね?」

当然そのつもりだろうと思い問いかけたというのに、春香の答えは予想と違っていた。

『やめとくわ』

「どうして」

問いながら俺は答えをある程度予測していた。

『君人が色眼鏡で見られちゃ、可哀想《かわいそう》だから』

「……君人君は一緒に来てほしいんじゃないの？」

おそらく。尋ねた俺に春香は、

『あの子、世間知らずだからね』

と苦笑したあと、改まった口調になりこう告げたのだった。

『トラちゃん、君人のこと、頼んだわよ』

「……うん。わかった。いえ、わかりました。お任せください」

真摯な思いには真摯に応《こた》えたい。その思いから口調を改めた俺の意図を、春香は正確に察してくれた。

『ありがとね、トラちゃん』

礼を言う春香の声は少し震えているように感じた。

「何を言っているんだか」

気づかぬふりをし、俺は笑うと「それじゃ、また明日」と電話を切った。

「……さて……」

何者かに命を狙われていることがわかっている君人を守らねば。それこそ自分の命にかえても。

春香の涙声を聞いてしまった今、俺の頭にあるのはその考えのみだった。

これでも三年前までは警視庁捜査一課の刑事だった身だ。守ってみせる、と一人頷く俺の脳裏を華門の影が過《よぎ》る。

彼が手を貸してくれたらどれだけ心強かったことか――思考がそちらに行きそうになるのを気力で踏みとどまると俺は、君人を守るために一応の保険をかけておこうと再び携帯電話をかけはじめた。

ワンコールもしないうちに応対に出てくれた相手が俺の名を呼ぶ。

『大牙、どうした?』

弾んだ声で問いかけてきたのは、親友にして警察官でもある鹿園だ。

「今夜、暇か?」

万一犯罪に巻き込まれた場合のことを考え、状況を事前に鹿園に説明しておこうと俺は思ったのだった。

『勿論。これからでもいいぞ』

友情に厚いといおうかなんといおうか、鹿園はそう言ったかと思うと三十分もしないうちに俺の事務所にやってきてくれた。

「悪いな」

「いや……」

鹿園が、なぜかここではっとした顔になり、俺に問いかけてくる。

「もしや夜のほうがよかったか？」

「いや？」

夜のほうがよかったのはお前じゃないのか、と問い返そうとしたが、鹿園が酷くがっかりした顔になったので問いかけるきっかけを失ってしまった。

「……なんだ、俺の勘違いか……」

「ええと、話を聞いてもらえるかな？」

鹿園も忙しいだろうし、と俺は手短に、君人が大地主である西宮家の財産を相続することになった旨と、依頼をしてきた雪村弁護士が怪しいと思ったことを説明した。

「確かに。言っちゃなんだが佐藤探偵事務所はピンポイントで依頼をされるほど有名ではないな」

鹿園はすぐに俺の言いたいことを察してくれた上で、申し訳なさそうな顔をしつつそう言い、頷いてみせた。

「そうなんだ。それに……」

君人の命が狙われているということも説明したかったが、なぜそれを知っている、と問われた場合答えようがなかったので割愛しようと気持ちを固めた。

「……ともあれ、三十三億もの遺産を相続するとなると、君人の身に危険が迫る可能性が出てくる。勿論、そうならないに越したことはないが、万一の場合はお前の力を借りたいんだ。立場的に難しいかもしれないが、友情に免じてお願いする。頼むな、鹿園」

『友情』を持ち出すのは卑怯《ひきょう》かと思ったが、背に腹は替えられない。と、友情に厚い鹿園は、それは力強く、

「任せろ」

と頷き、俺を安堵させてくれたのだった。

明日の三時に西宮家に向かうことになっている、と詳細を説明しているとき、俺の携帯が着信に震えた。

「あ」

誰だ、とディスプレイを見た瞬間、見覚えがありすぎるほどにある名が浮かんでいたので、鹿園に「悪い」と断ってから応対に出る。

「もしもし？」

『トラちゃん、あんた、水くさいんじゃない？』

電話をかけてきたのは、超がつくほど有名な売れっ子ルポライターの麻生恭一郎《きょういちろう》だった。

春香とは『カマカマネット』で繋《つな》がっている彼の親友である。

「麻生さん、もう落ち着かれました？」

麻生は先月、『お家騒動』としかいいようのない状況に陥り、しばらく実家に戻っていた。東京に帰ってきたのだろうか、と思い問いかけた俺の耳に、麻生の酷く淡々とした声が響く。

『色々ありがとね、トラちゃん。あなたにも世話になったわね』

「いや、俺は何もできなかったから……」

礼を言われるようなことは何もしていない。そう言うと麻生は、

『やってくれたわよ』

と俺の言葉を否定したあと、がらりと口調を変え話をはじめた。

『それより、君人のこと。春香から連絡があったけど、あんた、西宮家を調べた？　かなり危ういわよ。君人、大丈夫なの？』

「危ういって？」

問い返した俺の耳に、呆れていることを隠そうともしない麻生の声が響き、彼の復調を俺は身を以《もっ》て体感することができたのだった。

『トラちゃん、少しは頭、使いなさいよ。百億よ？　その三分の一を相続する人間が突如現れたのよ？　波乱が起こらないわけがないじゃない』

「……ですよね」

それはわかっていた。が、最初にそう言わなかったからか麻生は俺を相当できない男だと思ったらしく、馬鹿を相手にするような口調で説明をはじめてしまった。

『今、西宮家では壮絶な相続争いが展開されているそうよ。もともと兄弟仲もよくなかったんですって。そこに新たに君人が登場するのよ。揉《も》めるに決まっているでしょう』

危機感を募らせないでどうするの、と煽られ、俺は充分募らせていると主張しようとし思いとどまった。

つい、君人の命が狙われていることまで喋《しゃべ》ってしまいそうになったからだ。

「誰？　麻生さん？」

会話が長くなったからか、横から鹿園がこそりと問いかけてくる。俺でさえ聞き取れないような小さな声だったのに、電話の向こうの麻生は耳ざとく気づいた。耳ざとすぎると思う。

『ちょっと、ロシアンが傍《そば》にいるの⁉　マイダーリンがっ⁉』

鼓膜が破れそうな大声で問われ、マイダーリンかはともかく鹿園はいる、と返事をする。

「いるけど？」

『もう、トラちゃん、気が利かないっ！　かわってよ、かわって‼』

身悶《みもだ》えせんばかりの声音に恐れをなし、俺は電話を鹿園に差し出した。

「なに？」

鹿園が不思議そうに問いかけてくる声に被せ、スピーカーホンになどしていないというのに電話から麻生の鮮明と言ってもいいほど大きな声が響く。

『ダーリン！　愛してるわっ』

「………じゃ、僕は仕事に戻る」

鹿園は聞こえなかったふりを貫くと「またな」と立ち上がり事務所を出ていった。

『ダーリン、ねえ、ダーリンってば』

今度は麻生も聞こえないふりを貫き、尚も鹿園に呼びかけている。

まったくもう。溜め息を漏らしはしたが、まだ用件はすんでいないはずだ。それで俺は非難覚悟で電話に向かい口を開いた。

「麻生さん、明日の三時に君人君を連れて西宮家に行くことになってるんです。西宮家で何か不穏な動きがないか、探ってもらえますか？」

『………ロシアンは帰ったのね？』

名残惜しそうに麻生はそう言ったあと、予想どおり『ほんとに使えない子ね』と俺を非難してから、

『わかったわ』

と頼みを引き受けてくれた。

「よろしくお願いします」

『任せてよ。あんたにも恩あるし、何より春香のダーリンだからね』

それじゃあ、と麻生が電話を切る。カマカマネットの太い絆《きずな》とオカマの仁義をしみじみと噛みしめながら俺もまた明日の往訪に備え、西宮家の調査をするべく出かける仕度をはじめたのだった。

5

翌日午後二時過ぎ、俺の事務所には君人と春香、春香を案じてやってきた麻生、それになぜか仕事を抜けてまで駆けつけた鹿園が揃《そろ》っていた。

「君人、気をつけてね」

春香がしっかりと君人を抱き締めてから早十分が経過している。

「今生の別れでもあるまいし」

いい加減になさいな、と麻生に引き剝がされ、ようやく二人が離れた。

「余計なお世話だが、その服でいいのかな？」

鹿園が君人に遠慮深く問いかける。

「悪い？」

挑発的とも思える態度で君人が言い返していたが、彼の服装は態度以上に挑発的だった。

今まで見たこともない金髪に髪を染め、ど派手なTシャツを着、穴の空いたジーンズを穿《は》いている。売れないミュージシャンみたいだと思いはしたが口には出さなかったというのに、君人はじろ、と俺を睨んだ。

「文句、ある？」

「ない。でも普段の格好でもないよな？」

普段、君人は万人が見てお洒落《しゃれ》と思うようなセンスの良い服装をしている。なのに自分の身内と初顔合わせの今日、敢えて選んだのがそれか、と問いかけた俺に君人は答えることなく、ふいとそっぽを向いてしまった。

「それじゃ、そろそろ行こうか」

時間に余裕はあったが、早めに到着すれば近くのカフェか何かで時間を潰《つぶ》せばいいだけのことだ。君人とちょっと話もしたいし、と声をかけると、またも春香が君人にがしっと抱きつき、離れなくなった。

「春香、気持ちはわかるけどいい加減になさいな」

麻生がまたも引き剥がしてくれ、俺に「頼んだわよ、トラちゃん」と声をかける。

「はい」

頷き、君人に「行こう」と告げたそのとき、事務所のドアをノックする音が室内に響いた。

「あらやだ、こんな時間にまさか依頼人？」

麻生が眉を顰める。

「依頼人？　まさか」

春香が非常に失礼なことを言うのでつい彼を睨んでしまいながらも、同じく『まさか』と

思っていた俺は、ドアに向かって、

「どうぞ、開いてますよ」

と声をかけた。

依頼人なら、今は取り込んでいると断るしかない。それ以前にごついオカマが二人もいたら——麻生の見た目は『オカマ』とは到底思えない、ライダースーツに身を包んだかっこいいものなのだが——断るより前に帰ってしまうかも。そんなことを考えていた俺の前でドアが開く。

「…………っ」

ドアを開いた人物を見た瞬間、俺の中で時間が——止まった。

「あの、大牙さん、車の準備ができました。そろそろ出発されますよね？」

そう声をかけてきたのは、長身ではあるが気弱さが前面に表れているような線の細い男だった。

「トラちゃん、誰？」

春香が不思議そうに俺に問いかけてくる。鹿園や麻生もまた興味深そうに俺を見る中、何も答えられずにいた俺のかわりにその男が、おどおどした仕草で頭を下げ口を開いた。

「あ、あの、はじめまして。狩野《かのう》と申します。臨時のバイトです。よろしくお願いします」

「やだトラちゃん、バイトなんて雇ったの？」

「よくそんな余裕、あるじゃない？」

春香と麻生が驚いた声を上げる。

「どうして教えてくれなかったんだ？」

鹿園がなぜか非難の眼差《まなざ》しを向けてきていたが、教えるも何も、俺自身がバイトを雇った覚えがなかった。

そう、『お願い』はしたけれど——未だに呆然としながら、狩野と名乗った男を——普段とはまるで違う表情を浮かべている彼を見やる。

俺の知る『彼』には気弱さの欠片もなかった。一体どういうことだ、と問いかけたい気持ちを堪え見やった先では『彼』が——華門が、俺におずおずと笑いかけてきた。

「あの……今回の仕事に限っては人手がいるからって、それで雇ってくれたんですよ……ね？」

「……うん。うん……っ！」

問いかけてきた華門のその言葉を聞き、俺の胸はいっぱいになった。

二度、頷いた俺を見て、春香が「トラちゃん？」と訝しげな声を上げる。

「どうしたの？　あんた、泣いてるの？」

「大牙？」

途端に駆け寄り、顔を覗き込んできた鹿園に、俺は慌てて首を横に振ってみせた。

「違う！　花粉！　そう、俺、花粉症なんだ！」

涙が出そうになっている言い訳をしつつ、華門を見る。華門は俺を見返し、俺にだけわかるように頷いてみせた。

華門が——華門が来てくれた。

昨日は断ったというのに、俺に手を貸してくれるために変装をしてまで来てくれたのが嬉しくて、それで泣きそうになっていたのだ。

そうだ。俺には夢があった。それを思い出し、改めて俺は華門へと視線を向け、大きく頷くと、

「紹介するよ」

とその場にいた皆を見回した。

「今回、仕事を手伝ってくれる、ええと……狩野君。できればこの先もずっと事務所を手伝ってもらいたいと思ってるんだ」

華門を皆に紹介したい。それが俺の夢であり希望だった。ようやくかなった——偽名だけれども、と華門を見ると、華門は苦笑としかいいようのない笑みを一瞬浮かべたあと、すぐさまおどおどとした態度に戻り深く頭を下げた。

「よ、よろしくお願いします。狩野です。頑張ります」

「現状じゃあ、アルバイトを雇うような余裕はないと思うけど、これから頑張るってことな

のね？」

春香が俺には意地の悪いことを言いつつも、華門に対しては愛想良く笑いかける。

「よろしく。大家の高橋よ。トラちゃんが家賃ため込まないよう、見張っててね」

「よ、よろしくお願いします」

応える華門に、今度は麻生が声をかけた。

「やだ、細身に見えるけど、結構いいカラダ、してそうね。スポーツかなんかやってたの？」

さすが、鋭い。ぎくりとした俺の前で、華門が緊張している『演技』をしつつ、そつのない答えを返していた。

「が、学生時代に剣道を……でも今はさっぱりです」

「君、狩野君、何歳？　好きなタイプは？」

今度は鹿園がわけのわからない質問をする。それは俺が遮ることにした。

「なんだそのどうでもいい質問は。時間がないんだ。そろそろ行くよ」

「好きなタイプは重要事項だろう？」

尚もくだらないことを言ってくる鹿園を無視し、君人に声をかけたというのに、なぜか華門は鹿園の質問に答えていた。

「好きなタイプは鈍い人です」

「か……っ」

華門、と呼びかけそうになり、慌てて言い直す。

「狩野君、君も答えなくていいからね」

だいたい『鈍い』ってなんなんだ。失敬な、と思うと同時に、華門の『タイプ』を自分だと想定しているという事実に気づき、赤面する。

「と、ともかく行くよ」

赤い顔を誰にも――殊更華門には見られたくなくてそう言い捨て、彼の横をすり抜けるようにしてドアへと向かう。

「トラちゃん、頼んだわよ」

「がんばってね」

声をかけてくる春香と麻生に、

「はい」

と返事をし、

「何かあったら連絡してくれ」

と言ってくれた鹿園には「頼む」と答えると俺は、後ろに君人と、狩野と名乗っている華門を引き連れ事務所をあとにしたのだった。

事務所前には見たこともない車が停《と》まっていた。

「どうぞ」

国産車、しかもかなり古びたセダンだ。華門はまず後部シートのドアを開き君人を乗せると、俺のためには助手席のドアを開けてくれた。

「ありがとう」

「どういたしまして」

いつものやりとりをしていた俺たちを見て、君人は意外そうな顔になったが、何か言ってくることはなかった。

運転席に乗り込んだ華門が車を発進させる。

「…………」

エンジン音を聞き、古びて見せてはいるが、この車がかなりスピードが出るように改造されているものだということを察した。

それにしても、と運転席の華門を俺は、万感の思いを胸に見つめてしまった。

手を貸してくれる。そういうことだよな？

後部シートに君人がいるので、声に出して確かめることはできない。が、こうして来てくれたということは、俺に手を貸してくれるつもりで来たのだと思って間違いないだろう。

ありがとう。心の中で告げた俺に、華門が「そういえば」と話しかけてきた。

「今日は君人さんがいらっしゃるので、一豊さんが入院先の病院から外出許可を得、自宅に戻っているということでした」

「え……っ？」

なぜそんなことを知っているんだ、と戸惑う声を上げた俺に、おどおどした口調で華門が答える。

「し、調べろと仰いましたよね？」

「……あ、うん。ありがとう」

慌てて礼を言った俺に、華門がまた、

「どういたしまして」

と返してくる。と、ここで君人の突っ込みが入った。

「なんか日本語の授業みたい」

「いや、礼節は大事かなと」

フォローにならないフォローを返したが、既に興味を失っていたのか君人はまた口を閉ざしてしまった。

「じゃあ、今、西宮家には当主の一豊さんと長男の一朗さん、次男の力さんが揃っているんだ」

華門に確認を取る。

「あとは弁護士の雪村さんですね」

華門は答えたあと、ちらと俺を見た。

「？」

なんだ、と目で問うと、華門が目でバックミラーを示してみせる。

「…………」

後部シートか、と思ったが違った。つけられている。さっきから背後の車が変わっていないことに俺も気づくことができた。

まけるか、とまた華門に目で問うと、任せろ、と頷いてみせたあと、彼はやにわにハンドルを切った。

「うわっ」

いきなりの左折に、君人が驚いた声を上げる。

「なに？　どうしたの？」

問いかける彼に俺は「近道」と答えたが、それが嘘であるのはバレバレだった。背後の車もあとを追い左折してきたからだ。

華門は再び大通りに出ると、今度は無理としかいいようのないタイミングで右折をした。

「あっ」

君人の驚いた声と、周囲の車から鳴らされるクラクションが重なって響く。どうやら振り切れたことがわかると俺はすぐ携帯を取り出し、鹿園の番号にかけ始めた。

『どうした？』

すぐさま応対に出た鹿園に、覚えていた車のナンバーと車種を告げ、調べてほしいとお願いする。

『わかった』

鹿園は短く答えたあと、三分後には俺の携帯を鳴らした。

『盗難車だ。どうした？』

「あとをつけられた」

答えると鹿園はすぐさま、西宮家の周辺を警護すると言って電話を切った。

「行き先はわかってるはず……だよな？」

なのになぜ尾行がついたのか。首を傾げた俺の横から、華門の自信なさげな声がする。

「警告……かもしれません」

「…………そうか…………」

君人の手前『かもしれない』などと言っていたが、華門はわかっていたに違いなかった。

やはり手を貸してもらえて助かった。心の底から感謝しつつも俺は、新たな尾行車が現れるのではないかと用心し、バックミラーを見やったのだった。


尾行を恐れて少々遠回りをしたこともあり、かなり余裕を見て事務所を出たはずの俺たちの車が松濤の西宮家に到着したのは約束の午後三時よりたった五分早い時間だった。

時間を潰すほどではない。五分ならまあ、いいか。そう思い、俺は車を降りるとインターホンを鳴らした。

『佐藤さんですか。五分早いですね』

応対に出たのは雪村だった。スピーカー越しに聞く彼の声に非難の色を感じた俺は、

「五分後に出直しましょうか？」

とインターホンに問いかけた。

『その必要はありません。どうぞ』

愛想の欠片もない声がスピーカーから響いた直後、電動式らしい門が開く。

「…………」

門柱には監視カメラが設置してあった。張ってある警備会社のシールも二社分ある。さすが、総資産百億ともなると警護も厳重にするわけだ。感心しつつ助手席に戻ると華門はすぐ車を発進させ、そのまま開いた門から西宮家の敷地内へと入っていった。

「凄い」

後部シートでぼそりと呟く君人の声がする。彼同様、俺も屋敷の広大さ、そして立派さに圧倒され声を失っていた。

二百坪はありそうな敷地内には公園かと勘違いしそうな広大な庭がある。英国式、とでも

いうんだろうか。詳しくないのでよくわからないが、そこかしこに薔薇《ばら》の花が咲き乱れる庭にはロータリーがあり、正面にはまさに『洋館』というに相応《ふさわ》しい豪邸が建っていた。

一体何部屋あるんだか。窓の数を数え愕然としているうちに華門が車を玄関の車寄せに停めた。と、ドアが開き雪村弁護士とダークスーツの若い男が外に出てくる。

「佐藤さん、ありがとうございます。彼が藤堂君人君ですか？」

雪村が愛想良く俺に笑いかけ、目で君人を示す。その横では彼と共に出てきた若い男が運転席から降りた華門に「キーをお預かりいたします」と声をかけていた。

「はい。こちらが君人君です。君人君、雪村弁護士だ」

紹介の労を執《と》ろうと君人と雪村、それぞれを見つつそう言うと、君人は愛想なく、

「どうも」

と頭を下げただけでそっぽを向いてしまった。

「さあ、どうぞ」

雪村が大人の余裕を見せ、俺と君人を中へと導こうとする。

「あの、助手も同行していいでしょうか」

一応確認を取ると雪村は少し面倒くさそうにしつつも笑顔で「どうぞ」と頷いてくれた。

雪村の案内で足を踏み入れた家の中もまた、凄いとしかいいようのない立派さだった。見た目も洋館だが仕様もそうらしく、板張りの長い廊下を進むこと十メートルあまり。

「応接間で皆さんお待ちです」

奥まった場所にある部屋の立派なドアの前で雪村は足を止めると、恭《うやうや》しげにノックをしノブを摑んだ。

「失礼致します。藤堂君人さんがいらっしゃいました」

声をかけ、ドアを開いた雪村の背中越しに室内を見やる。

「…………」

『応接間』という部屋は誇張ではなく三十畳はありそうだった。庭に面した窓から明るい日の光が差し込んでいる豪奢《ごうしゃ》な室内には、いかにも『お金持ちの家』といった感じの家具が並んでいる。

確かあのソファはこの間テレビで観たのと同じじゃないか。イタリアの有名なデザイナーのもので値段は一千二百万だったような。ソファに八桁《けた》使うとは、さすがは総資産百億、と感心していた俺の耳に、少し苛立っている様子の男の声が響いた。

「早く君人を見せてくれ」

「失礼しました。ただいま」

雪村が慌てた様子でドアを大きく開く。狭い視界からではソファの一部しか見えなかったが、開かれたドアの向こうにはそのソファに座る男が二人、そのソファから少し離れたところにいる車椅子の老人、そして車椅子の背後に立つ若い女性の看護師の合計四人の人物がいた。

苛立った声を上げたのはソファに座る、四十代に見える男のようだ。が、俺は今、目の前に開けた光景にただただ驚きその場に立ち尽くしてしまっていた。

というのも、ソファに座る男二人もまた、君人と酷似《こくじ》していたためである。

おそらく彼らは西宮家の長男の一朗と次男の力だろう。君人にとっては伯父にあたる二人は、勿論君人とは年齢が違うから三男の薫の若い頃の写真のように、そっくり、とは言えないが、このまま君人が歳をとるときっとああいう顔になるのだろうと確信できる。とても『他人のそら似』とはいえないような似方だった。

そして――更に歳をとるとこういう顔になる、と思わせる顔立ちをした老人が車椅子に座っていた。

彼が西宮一豊であろうが、余命三ヶ月の宣告を受けている病人ゆえ、随分とやつれてはいたものの、顔色はそう悪くなかった。

しかしこの一豊の遺伝子はどれだけ強力なのかと思う。親子鑑定の必要なんて全員ないんじゃないか？　という酷似ぶりだ。しかも子供の代だけでなく孫までそっくりとは、余程血が濃いんだろうか。なんてことを考えていた俺の前でその強力な遺伝子を持つ男が――一豊が口を開いた。

「一朗、失礼だろう。『見せろ』など」

重みのある声は、決して大きなものではないがよく響き、室内に一気に緊張が走ったのがわかる。

「申し訳ありません、お父さん」

年長に見えるほうが焦った様子で頭を下げる。一朗は長男だった。昨日調べたところ四十二歳の彼は都市銀行に勤務しており、役職は課長とのことだった。

次男の力は在宅で仕事はウェブデザイナーとのことだったが、それが『本業』というほどの収入を得てはいない。四十歳にもなって『フリーター』では恥ずかしいので対外的にそう名乗っているだけ、というもっぱらの評判である。

一朗はいかにも銀行マンといった、かっちりした格好をしていた。平日の今日この場にいるのは休みでもとったのではないかと思われるが、服装は濃紺のスーツである。

一方力はTシャツにジーンズというラフな格好をしていた。が、よくよく見るとどちらもブランド品であることがわかり、さすが金持ち、と俺を感心させた。

「失礼した。君人君だね？」

同じ顔をしているのだから間違いようもなく、一豊が君人に声をかける。一朗と力もまた君人を見たが、二人の顔にはおそらく君人が狙ったであろう、『おかしな格好をしているうさんくさい奴』と思っていることがありありとわかる表情が浮かんでいた。

「そうだけど？」

俺から見ても君人は動揺していた。自分と同じ顔が三つも揃っているのだから当然だ。が、それを必死で押し隠そうとしている。

俺に対する態度はいいとはいえないものだが、接客業のバイト先での彼の評判は上々であるとかつて春香から聞いたことがあった。接客態度が実に感じがよく紳士的だという。

だが今日の彼の態度はとても『いい』とはいえないものだった。目上の、そして確実に血の繋がった祖父に対する敬いの心をまるで感じさせず、いかにも愛想なく一言言い捨て、一豊を睨み付ける。

「……君人君」

一応相手は病人だし、あまり失礼のないように、とこっそり声をかけると、君人は煩《うるさ》そうに俺を睨み、チッと舌打ちした。

「態度が悪いな」

一朗が小さな声で力に囁く。が、本人に聞かせようとしているのは明白だった。挑発に乗らせないためにも、と俺は頼まれてもいないのに自己紹介をはじめることにした。

「どうもはじめまして。このたび雪村弁護士の依頼で藤堂君人君を捜し出しこちらにお連れした探偵の佐藤と申します。彼が西宮薫さんのご子息であることはまず間違いないと思われますが、一応戸籍謄本の写しを用意して参りましたので……」

沈黙が痛くて長々喋っていた俺の言葉を遮ったのは、一豊だった。

「ご苦労なことでした。戸籍も、それにＤＮＡ鑑定も必要ないでしょう。これだけ顔が薫に似ておれば。なあ、雪村」

「しかしお父さん、整形手術を施したという可能性だってありますよ」

一朗がここで口を挟む。

「はあ？　するわけねえじゃん」

馬鹿じゃないの、と続ける君人を俺は慌てて黙らせようとした。

「君人君、わかってるから」

「何がわかってんだよ」

八つ当たりか、君人が俺に絡む。と、ここでまた一豊が口を開いた。

「させたいというのならさせるがいい。私は必要ないと思うだけだ。さて遺産相続人が全員揃った。これで安心して死ねるというものだ」

ははは、と一豊が楽しげに笑う。

通常ならここで息子たちが『お父さん、そんなこと言わないで』的な、ある意味ミエミエのフォローをするだろうという俺の予測は綺麗《きれい》に外れた。

「そのことなんですがお父さん、遺言状をしたためているという話は本当ですか」

フォローどころか、死ぬこと前提で一朗が父親に詰め寄ったのだ。

「ああ、書いたよ。雪村に預けてある」

一豊もまた、息子を非難することなく淡々と答え、

「なあ」

と雪村に笑顔を向けた。

「はい、お預かりしております」

雪村が丁重に頭を下げる。

「内容を教えてください。遺産は私と力、それにこの薫の息子の三人で等分に分けるんですか。それとも配分に差をつけたのですか」

一朗が尚も言葉を続ける。結構切羽詰まっているな、と俺は思わず眉を顰めた。

銀行勤務である彼のサラリーは同世代の人間と比べてもかなりいいはずである。加えて彼は独身で、子供に金がかかる等の事情もない。

昨日調べた限りでは借金があるわけでもなく、金に困っているという情報は得られなかった。

逆に金に困っているのは、と視線をこっそり力へと向ける。

力は『困っている』ということもないが、金のかかる趣味を持っていた。車である。フェラーリを二台乗り換えており、世界に百台しかないという車も手に入れていた。

それらの金は一豊氏に無心したものだが、一豊氏も無尽蔵に金は出さない。おかげで本来であれば『コレクション』としたいところを、欲しい車があると前の車を手放して金を作るしかなく、よくそのことで不満を漏らしているという評判だった。

「法律で仕方ないっていうけどさ、子供と孫が同額ってどうなんだろうね？　だいたいその孫、昨日まで親父《おやじ》の存在すら知らなかったんだろ？」

その力が感じ悪くそう言い、君人を睨む。と、君人が何か言うより前に、隣の一朗が口を開いた。

「それを言うなら、親の言うことを聞いてまっとうなサラリーマンになった長男と、四十を過ぎても親の脛《すね》をかじっている次男の間にも差は必要だろう」

「兄貴、それ、言う？　俺のときは就職難だったんだよ。兄貴のときとは違って」

「たった二年で就職状況がそう変わると思うか」

「三年だよ、俺は一浪したから」

「その時点で俺より一年多く親の金を使ってるじゃないか」

言い争う兄弟を前に俺はただただ唖然としていた。

なんとも醜い。大金が絡むと実の兄弟でもこうも相手を悪《あ》し様に罵《ののし》れるものなのだろうか。

それ以前の問題として、彼らの諍《いさか》いの原因は親の『遺産』である。親が死ななければ遺産は手に入らない。なのにそれを親本人の前でこうもあからさまに話せるとは。

金持ちの神経は俺のような一般人とは違うのだなあ、と俺は思い、違ってよかった、としみじみと庶民である幸せを噛みしめた。

ウチは両親とも亡くなっているが、遺産などほとんどなかったために兄との間に諍いはないし、ごくごく当たり前に『親が死にませんように』と祈ることができた。両親亡きあとは兄弟で肩を寄せ合い生きてもきたが、百億もの遺産があるとそんな、人間として『当たり前』のことができないというわけだ。

気の毒だな、と思っている俺の横で、くす、と笑う微かな声がする。

「………」

声の主は華門だった。顔を見ると華門は唇の端を微かに歪《ゆが》め笑ってみせた。

嘲笑《ちょうしょう》というに相応しい笑みを向けられた対象は、一朗と力の兄弟ではなく、彼らを前に家族の絆を確かめていた自分に対してだとわかった瞬間、頭にカッと血が上る。

「お前……」

思わず小さく呟いた俺の声と、一豊氏の病人とは思えない朗々とした声が同時に響いた。

「みっともない真似はよせ。一朗、力。遺言書の内容は私の没後に知るがいい。それから君人君」

一豊の視線が君人を射貫《いぬ》く。

そう、かなり弱っているはずの彼の眼差しはまさに『射貫く』という表現がぴったりの、実に鋭いものだった。

「は、はい」

本来なら『なんだよ』とでも答えるつもりであったに違いない君人も、臆《おく》した様子で問い返している。

「必要はないと思うがＤＮＡ鑑定を受けてくれ。後々面倒のないようにな。それから今夜は君の歓迎の宴《うたげ》を開く。夕食会だ。部屋を用意したからそれまで寛《くつろ》いでくれ」

一豊はそう言ったかと思うと、今度はいきなり視線を俺へと向けてきた。

「そしてあなた。佐藤探偵」

「はい？」

我ながら素っ頓狂と思える声で答えてしまった。やはり射貫かれるような視線に晒《さら》され、落ち着かない気持ちにさせられる。

「こうも早く君人君を見つけてくれてありがとう。あなたにも礼がしたい。是非、夕食会には参加してください。そちらの助手の方もご一緒に」

そこまで一豊氏は告げると、背後の看護師を振り返った。

「疲れた。夕食まで休む」

「かしこまりました」

看護師が言葉少なく答え、車椅子を移動させはじめる。二人のために出口近くにいた雪村がさっとドアを開いた。

「ありがとう」

一豊は雪村に礼を言い、看護師に車椅子を押されて部屋を出ていった。

「夕食会か……そこで何か言うのかな」

どう思う？　と力が一朗に問いかける。

「どうだかな。くそ、遺言書の中身が気になるぜ」

一朗はそう吐き捨てるとやにわに、

「雪村っ」

と弁護士の名を呼んだ。

「はい」

「親父の遺言書の中身、お前、知ってんだろ？」

立ち上がり、詰め寄る一朗に雪村が丁重に頭を下げる。

「内容についてはくれぐれも他言無用と言われておりますので」

「お前なあっ！　親父が死んだら俺がお前の雇い主になるんだぞっ」

怒鳴る一朗。

「そうだよ、今のうちに俺らにいい顔しておいたほうが得だぜ」

懐柔しようとする力。なんだかなあ、と思いながら二人を見ていた俺の耳に、呆れた様子の君人の声が響く。

「みっともねえ」

「…………うん……」

確かに、と頷くと君人は、俺をちらと見たあとふいと視線を逸らせ、ぼそりとこう呟いた。

「金持ちはどっか歪んでるよな。親が死ぬっていうのに金のことしかあいつら頭にないみたいだし。人としてどうかと思うよ」

「……うん。俺もそう思う」

同意する俺に君人もまた頷き返す。

「……やっぱ、よせばよかったかな……」

ぼそりと君人が呟いた言葉はおそらく独り言だと思ったのでコメントは避けたものの、さすがは春香の選んだ相手だ、と、少しも金に魅力を感じていない様子の彼を俺は頼もしく見やったのだった。

6

西宮一豊《にしみやかずとよ》は君人《きみと》と俺、それに助手の華門《かもん》に対し、二部屋を用意してくれていたが、DNA鑑定に使うという血液を採取されたあと、君人は俺と華門の部屋のドアを叩《たた》いた。

「いい？」

「勿論《もちろん》」

室内に導くと、華門が甲斐甲斐《かいがい》しく君人の世話を焼き始めた。

「何か飲み物、用意しますね。コーヒーでも紅茶でも日本茶でも飲めるようです。あ、ジュースや炭酸飲料も冷蔵庫にありました」

「……ホテルみたいだな。ここは客用の部屋？」

感心しつつ問いかけてくる君人に俺は「多分ね」と答え、何か飲み物の希望はあるかと俺からも尋《たず》ねた。

「なんでもいい。一番簡単なので」

はあ、と溜《た》め息をついた君人の言いたいことを察し、先回りしてやることにする。

「もうイヤになったんだろ？」

「まあね。あいつらと同じとは思われたくないっていうか」

はあ、とまたも溜め息を漏らした君人に、華門がさっとグラスに入った飲み物を差し出す。

「これ、ペプシＮＥＸ？」

一口飲んだ君人が驚いたように華門に問いかけた。

「はい」

「好きなんだ、これ」

「それはよかった」

微笑《ほほえ》む華門は他意などなさそうに見せていたが、明らかに君人の好物と知って出したとわかるだけに、それを悟られないようにしなくては、と俺は遣わなくてもいい気を遣い、慌てて喋《しゃべ》り始めた。

「一応調査したプロフィールを説明すると、かっちりした服装をしていたほうが長男の一朗《いちろう》で銀行勤務、ラフな服装のほうが次男の力《ちから》でまあ、フリーター？　それぞれ四十二歳と四十歳だ。君の父親の薫《かおる》さんが生きていたら三十八歳になるそうだ」

「いい歳《とし》してみっともないよな。三分の一にしたって三十三億ももらえるのに、配分に文句つけるとか、どんだけ強欲なんだよ」

吐き捨てる君人に対し「本当に」と相槌《あいづち》を打つと、彼は一瞬何かを言いかけたあと、よそう、というように首を横に振った。

「なに？」

気になり問いかける。君人は少し迷った様子になったあと、ぼそ、とこう尋ねてきた。

「俺の親父《おやじ》って、どんな人だったか、わかった？」

「随分前に亡くなっているので詳しい話はなんとも……優しい人だという評判だった」

本当は俺の聞いた薫の評判は『気が弱い』『兄たちの陰にかくれている』というものだったのだが、少々アレンジをして伝えると、君人は少し安堵《あんど》した顔になった。

「金の亡者ではなかったんだ」

「……あのさ、俺がどうこう言うまでもないとは思うけど」

余計なお節介だとウザがられるだろうなと覚悟しつつ、俺は君人に語りかけていた。

「大事なのは血筋でもなければ過去でもなくて、現在《いま》だよな。君人君は今が幸せなんだから、それだけ実感してればいいんじゃないのかな」

「大人みたいなこと言うよな。『トラちゃん』のくせに」

「あのなあ、俺は三十過ぎの大人なの」

春香に子供扱いされるのはまだしも、二十歳の子供に『トラちゃん』呼ばわりされる覚えはない。年長者を敬え、と睨《にら》むと君人はふいとそっぽを向き、俺以外の人間に――華門に話しかけた。

「ねえ、狩野《かのう》さん、だっけ？　どうしてこんな探偵事務所で働こうと思ったわけ？」

「『こんな』ってあのなあ」

俺に対しては普段から当たりがきついが、今日は殊更だ。八つ当たりもいい加減にしろよ、と二人の会話に割って入った俺の声と、君人の問いに答える華門の声が重なって響く。

「人のためになる仕事がしたかったからです」

「……っ」

ごくごくあっさりと答える華門に驚き、思わず振り返って俺のためにコーヒーを淹《い》れてくれていた彼を見る。

「……なんですか？」

にっこり、と気弱そうな笑みを向けてきた華門に俺は慌てて「なんでもないです」と答え顔を背けた。

華門が君人の手前、演技をしていることは勿論わかっている。わかってはいるが、今の彼の答えが本心からのものであればいいと願わずにはいられなかった。

涙ぐみそうになり、それで顔を背けたのだが、幸いなことに君人は俺には興味を抱《いだ》かず、

「人のためになる仕事か」

と華門の言葉を繰り返したあと、からかう感じではなく、

「……そうですよね。働くってそういうことなんだろうな」

とコメントし、頷《うなず》いていた。

俺に対する態度はさておき、やはり春香の男を見る目は高い。君人を前に俺はそう実感していた。

俺の兄貴にも見習ってほしいものだ。あ、いや、違うか。兄貴の場合、問題のある相手を好きになるわけじゃなく、兄貴自身に問題があるのだ。歴代彼氏を思い返しても、そして現在の彼氏である鹿園の兄にしても、ナイスガイとしかいいようがない男であるし。

そんな、今考えなくていいようなことをつらつらと考えていた俺の前にコーヒーが差し出された。

「どうぞ」

「ありがとう」

「どういたしまして」

いつものやりとりをしたあと、華門がペプシを飲みきってしまっていた君人にもコーヒーを差し出す。

「どうぞ」

「ありがとう」

「どういたしまして」

華門が君人にもそう返したのを聞き、口癖なのだから当然だと頭ではわかっているのに、なんとなく面白くなく感じた。

「…………」

　何を言ったわけでもないのに、華門が俺を振り返り、目だけで笑ってみせる。お見通しかよ、と赤面しそうになるのを咳払《せきばら》いで誤魔化《ごまか》していた俺に、改めて君人が話しかけてきた。

「あのさ、一朗と力だっけ？　あいつら、随分がめついこと言ってたけど、カネコマってわけじゃないんだろ？」

「ざっと調べた限りではね」

　答えた俺に君人が、

「やっぱりわからないな」

　と首を傾《かし》げる。

「三十三億でも充分大金なのに、まだ欲しいのかな？　一生のうちに使い切れるんだろうか」

「……俺も金持ちになったことがないからその感覚はわからないけど、あればあるだけいいってことなんじゃないの？」

　やはり君人は至極まっとうな人間だ。心の中で春香に対し、やはりお前の選んだ恋人はナイスガイだと選んだほうと選ばれたほう、両方を賞賛しつつ答えると君人は、

「なるほどね」

　と感心してみせたあとに、

「俺にもわからないな」

とまたも首を傾げた。

「一番わからないのは、遺産の話をまだ生きている親の前ですることだけど」

「本当にそうだよな」

それは俺も強く思った、と大きく頷く。

「俺が親なら、こんな息子に遺産はやりたくないと思うだろうに」

君人はぽつりと呟くと、コーヒーを一気飲みに近い感じで飲み干し、立ち上がった。

「ちょっと部屋で休んでくる。これ、ご馳走さま」

カップを華門に手渡し、部屋を出ていく。

「また夕食のときにな」

声をかけるとドアを閉める直前、振り返り頷いてくれた。

バタン。ドアの閉まる音がしたと同時についい、溜め息を吐いてしまうと、いつの間に近づいていたのか、華門がすぐ傍《そば》に立ち、ソファに座る俺を見下ろしてきた。

「妬《や》いたか?」

「…………」

にや、と笑う華門を、絶対聞かれると思った、と睨み上げる。が、すぐ、二人になるチャンスがなかったのでまだ礼も言っていなかったと気づき、俺は慌てて立ち上がると華門に向かい深く頭を下げた。

「ありがとう、手を貸してくれて」

「……………別に。暇だったからな」

頭の上で華門の声がする。淡々としてはいるがどこか照れているように感じるのは気のせいだろうか、と顔を上げたところを抱き締められた。

「かも……」

「狩野だ」

言いながら華門が俺の背をしっかり抱き締め、耳朶《じだ》を嚙《か》むようにして囁《ささや》いてくる。

「……下の名前は？」

「迅《じん》だ」

「あるんだ……」

「当然だ。鹿園《しかぞの》がいるからな」

「鹿園？」

急に出てきた友人の名に戸惑い、身体《からだ》を離す。

「今頃俺の身元調査をしているだろう」

ニッと笑った華門が唇を落としてくる。

「身元調査？　なぜ」

問いかけようとしたが、そのときにはもうキスで唇を塞《ふさ》がれていた。

「ん……っ？」

期待していたわけじゃない。いつものようにきつく舌を吸い上げてくる獰猛《どうもう》なキスが始まるのかと思ったが、華門はすぐに唇を離し、ついでに抱き締めていた腕も解《ほど》いてしまった。

「……え？」

戸惑う俺の耳許に唇を寄せ、華門がこそりと囁く。

「監視カメラがある。盗聴器も」

「えっ」

思わず大きな声を出しそうになり、慌てて唇を噛む。

「マジか」

小声で問いかけたが、華門が嘘《うそ》をつくわけもないかと気づき「悪い」と謝った。

「かまわん」

華門が笑い身体を離す。

「……と、いうことは」

どこにカメラが、と周囲を見回しながら俺は、ふとあることに気づき、バッと華門を振り返った。

「なんでしょう、佐藤《さとう》さん」

華門が狩野になりきり、問いかけてくる。

CAM
CAM2

「………」

監視カメラと盗聴器の存在を知った上でこいつは、俺にキスをしてきたというわけか。一体どういう神経をしているんだと怒鳴りつけたかったが、それこそ監視カメラと盗聴器を気にしてそれもできない。

「………なんでもない……」

まったくもう。そっぽを向いた俺の背に華門の腕が回る。

「おい」

「見たいヤツには見せてやろう」

監視カメラを指摘したのはそっちだろうが、と睨んだ俺の耳許《みみもと》でそう囁くと、華門が再び俺の唇を塞ごうと覆い被《かぶ》さってきた。

冗談じゃない。慌てて顔を背けたところに、ドアがノックされる音が響く。

「はいっ」

華門を突き飛ばし、返事をする。君人が戻ってきたのかと思ったが、現れたのは雪村《ゆきむら》弁護士だった。

「佐藤さん、少々お時間よろしいでしょうか」

「あ、はい。なんでしょう？」

自分の頰《ほお》が赤くなっていないことを祈りつつ、できるだけ平然さを装い問いかける。

「コーヒーでも淹れましょう」

俺の頬に血を上らせた原因である華門は涼しい顔でそう言い、部屋に備え付けてあるエスプレッソマシーンへと向かっていった。

「いえ、おかまいなく」

雪村が丁重にそれを断り「いいですか？」と俺にソファを目で示してくる。

「失礼しました。どうぞ」

お座りくださいと告げ、自分も向かい合って座ると、断られたにもかかわらず華門がマシーンを操作する音が聞こえてきた。

少しやかましい音がするので会話をはじめるには躊躇《ため》らう。が、黙っていても仕方がない、と俺は声のトーンを上げ雪村に問いかけた。

「それでお話というのはなんでしょう」

「はい、藤堂《とうどう》君人君の件で確認したいことがあるのです」

雪村も心持ち大きな声でそう言い、身を乗り出してくる。

「確認ですか？」

何を、と問い返した俺は、雪村の問いに対し、答えに詰まってしまった。

「君人君は独身でしょうか。今、お付き合いしている人がいるか、ご存じですか？」

「ええと……」

お付き合いしている人がいるのは『ご存じ』だが、それを告げる勇気はない。いや、待て。雪村は君人を突き止めた上で俺に依頼してきたと思われるから、当然春香のことも知っているのではないか。なのに敢《あ》えて今、聞いてくる理由がわからない。

逆に探るか、と俺はそらっとぼけることにした。

「詳しい話は聞いていません……が、結婚はしていないはずです。それが何か……？」

「ああ、すみません、はっきり言うべきでしたね」

雪村が少し照れたように笑い、頭をかく。

「知りたかったのは君人君に子供がいるかどうかです」

「子供……はいないと思いますよ？」

答えながら俺は、なぜそんなことが知りたいのかと更に雪村に問いを重ねることにした。

「相続権があるのは君人君で、君人君の子供にはありませんよね？」

「ええ、今は……」

頷いた雪村は、俺が、

「『今は』？」

と聞き返すと、はっとした顔になり慌てた様子で言い訳をはじめた。

「勿論他意はありません。家庭環境を知っておきたかったのです。結婚もしておらず、子供もいないということですね。わかりました」

動揺を誤魔化そうとしたのか、そのあと雪村は尚《なお》も君人の現在の職業や住居についての質問を重ね、それらの問いに俺は言葉を選び答えていった。

「逆にお伺いしたいんですが」

この機会に、と俺は教えてくれるかどうかは半々だなと思いながら、雪村弁護士に問うてみた。

「なんでしょう」

「一朗さんと力さんが気にされていた遺言書の件です」

「……はあ……」

雪村が困った顔になる。

「遺言書があるということは、遺産の配分に差があるということでしょうかね」

「それはお答えいたしかねます」

申し訳ありませんが、と硬い声を出す雪村に、その答えは想定内だと、次に本当に聞きたかったことを尋ねる。

「一朗さんも力さんも、お金に困っていらっしゃる様子はありませんが、なぜそうも気にされているのでしょう」

「さあ……」

雪村は首を傾げたが、彼の頬には今にも嘲笑《ちょうしょう》が浮かびそうになっていた。

「理由などないのではないでしょうかね。あの兄弟はいつもあんな感じです。一朗さんは父親亡きあとも私が当然顧問弁護士を続けると考えてらっしゃるようですが、正直もう勘弁願いたいと思っていますよ」

肩を竦《すく》めてみせる雪村を前に俺は、内心驚きを感じていた。ここまで彼が俺のような部外者相手にぶっちゃけるとは思っていなかったからだ。

気づけばもう三十分ほど会話が続いている。なんとなく気易《きやす》い雰囲気ができたということだろうか。この調子で色々聞き出したい。そう思い、話題を彼本人に振ってみる。

「雪村さんはいつからこちらに？」

「五年前からです。前職の弁護士が身体を壊されましてね。後任をやらないかと一豊さんから声をかけていただきました」

「お眼鏡《めがね》にかなったというわけですね」

一豊直々《じきじき》のご指名か、と感心しつつ、ちょっとだけおべんちゃらを使ってみる。

「まあ、そういうわけでもないんでしょうが」

雪村は謙遜《けんそん》していたが顔は嬉《うれ》しそうだった。

「一豊さんは息子たちとは違って人格者です。お金があれだけあるのに一般の感覚をしっかり持っていらっしゃる。強欲とは対極にいる方です。福祉に対する関心も高い。心から尊敬しています」

熱く語る雪村の様子に、俺は少々啞然《あぜん》としていた。まさに信奉だ。そうも魅力的な人なのかと、一豊に対する関心は高まったが、他にも知りたいことはある、と話を変える。

「ところで君人君のご両親についてですが」

「……ああ……」

雪村の表情が一変し、硬いものになる。

「まだ私がこちらにお世話になる前のことですので、詳しいことは存じません」

ぴしゃり、と目の前でシャッターを下ろされたのがわかったが、気づかぬふりをして問いを重ねた。

「薫《かおる》さんがこの家の家政婦をされていた景子《けいこ》さんと恋仲になり、君人君が生まれたんですよね。その後景子さんのみ家を出られたということは一豊さんがお二人の仲を反対されたんですか？」

「……どうでしょう。存じません」

雪村はそう言ったが、彼の顔はあきらかに何かを知っているという表情が浮かんでいた。

「年齢的なものですかね。当時薫さんは十八歳だ」

「……それもあったでしょうね」

奥歯に物が挟まった言い方をする雪村に、尚も突っ込んだ問いをしようとしたそのとき、携帯電話の着信音が室内に響いた。

に出る。

鳴ったのは雪村の携帯だったらしく、焦ったようにポケットから携帯電話を取りだし応対
「はい、ゆきむ……一朗さん？」

が、すぐに眉《まゆ》を顰《ひそ》めると、電話に向かって大きな声を出しはじめた。

「どうしたんです？　一朗さん？」

呼びかけたが答えはなかったらしく首を傾げている。

「どうされました？」

気になり問いかけると雪村は、はっとした顔を俺へと向けてきた。

「一朗さんの様子がおかしいんです。ちょっと一緒に来てもらえますか？」

「え？　あ、はい」

わかりました、と了承し、雪村に続いて部屋を出る。

「様子がおかしいというのは？」

階段を上っていく雪村の背中に声をかけると、雪村は振り返ることはなかったものの答えてくれた。

「それがよくわからないんです。一言『助けてくれ』と言っただけで電話が切れたので」

「『助けてくれ』？」

非常事態ではないのか。焦る俺に雪村が、

「その手の悪趣味な冗談を実践するのは力さんのほうなんですが」

と首を傾げた。

「冗談？」

「はい。以前、同じように『助けてくれ』という電話で呼び出されたら、金を貸してほしいというオチだったということがありました。そのとき呼び出されたのは私ではなく一朗さんで、会社にそんな電話がかかってきたことに驚いた一朗さんが私を連れていったのですが……」

「まさか悪戯《いたずら》の再現……とか？」

そんな子供じみたことを四十過ぎのおっさんがするだろうか。するとしたらなんのために？　それこそ雪村弁護士のみを呼び出し良からぬ相談をするとか？　もしそうだとしても、普通に呼び出せばすむことだと思うが。

いくら考えても頭の中にはクエスチョンマークしか出てこない。そうこうしているうちに我々は三階の奥のほうにある一朗の部屋の前に到着した。

「一朗さん、雪村です。お電話くださいましたよね？　どうなさったんです？」

雪村がドアをノックしたが、応答はない。

「入りますよ」

反応がないので雪村はそう声をかけたあと、ドアノブを握り右へと回した。

カチャ。

ドアが開き、雪村の身体越しに室内の様子が俺の目にも飛び込んでくる。

「な……っ」

絶句したのは俺だけではなかった。ドアを開けた雪村もまた、言葉を失いその場に立ち尽くしている。

我々が案内された客間以上に豪奢《ごうしゃ》な部屋の中央に置かれたソファに、一朗は座っていた――が、彼が既《すで》に絶命していることは、誰の目にも明らかだった。

「一朗さん……っ」

我に返ったらしい雪村が遺体へと駆け寄ろうとする。その腕を俺は思わず摑《つか》んでいた。

「なんです？」

雪村が俺を睨み付ける。

「警察に連絡を。どう見ても死んでます。現場保存に努めましょう」

俺がそう言うと雪村は、不満そうな顔をしたものの、すぐさま「わかりました」と頷き、ポケットから携帯を取り出した。

彼が一一〇通報している間に俺は、ドアのところから遺体の状況を観察しはじめた。

死因は絞殺。凶器は首に巻かれたネクタイだが、一朗本人のものである。さっき締めていた柄だよなと確認した俺の目は、一朗の遺体の足下に落ちている、きらりと光る物体を捕らえた。

あれは——まさか、という思いを胸に目を凝らす。あれとよく似ているものを俺はつい最近目にしたことがあった。

最近も最近。本当についさっきに——食い入るように見ていた俺は、電話を終えた雪村に声をかけられ、はっと我に返った。

「一朗さんの足下に落ちてるアレ……ピアスですよね？」

「……そう……ですね」

相槌《あいづち》を打つ俺に雪村が尚も言葉を続ける。

「同じようなピアスを、君人君がしていましたよね？」

「………君人君を捜してきます」

やはり思い違いではなかった。春香《はるか》とおそろいということで、君人も常にいくつかピアスをしているのだが、ドアのすぐ近くに落ちていたのは、そのうちの一つであるに違いなかった。

なぜここに君人のピアスが落ちているのか。混乱しながらも俺は雪村に声をかけると、共に階段を上ってきた華門を「行こう」と誘い、階段を駆け下りて君人の部屋へと向かった。

「君人君！　君人君！」

ドアをノックしたが応答がない。

「うそだろっ」

まさか——慌ててドアを開いて室内に飛び込んだ俺は、熟睡している様子の君人を前に、ずっこけそうになった。

「おい、起きろ！」

他人様《よそさま》——って、君人にとっては『他人《たにん》』ではないが——の家に来ているのだ。緊張感を持て、と君人に駆け寄り、身体を揺さぶって起こそうとする。

「んーっ」

ぐっすり眠り込んではいたが、数回頬を叩くと君人はようやく目覚め、迷惑そうな視線を俺へと向けてきた。

「なんだよ。せっかく眠れたところなのに……」

「……お前、ピアス。ちゃんと全部あるか？」

まず状況を知りたい。問いかけた俺に、まだ寝ぼけている様子の君人は、

「ピアスぅ？」

と問い返してきたものの、俺が再度、

「全部、ちゃんとあるか？」

と問うと、指で自分の耳を探りはじめた。

「……あれ？」

ようやく覚醒《かくせい》してきた様子の君人が訝《いぶか》しげな声を出す。

「……ない……ついこの間、春香さんとおそろいで買ったばかりの蝶のやつ。左はあるけど右が……」

ない、と繰り返す君人を前にする俺の脳裏には、彼の左耳にだけ光っているピアスとまったく同じものが落ちていた一朗の自室が——殺害現場が浮かんでいた。

7

「大丈夫か、大牙《たいが》」

一一〇通報は雪村にさせたが、俺もまた鹿園に電話で助けを求めた。忙しいだろうに鹿園はすぐさま駆けつけてくれただけでなく、捜査の陣頭指揮を執《と》る段取りをつけてきたと言い、俺を安堵させた。

「俺は大丈夫なんだけど……」

今、鹿園がいるのは君人にあてがわれた部屋だった。室内には君人とそれに華門もいる。

華門によると、君人の部屋には盗聴器や監視カメラはないとのことだったので、ここで鹿園に話を聞いてもらうことにしたのだった。

「『だけど』？」

言葉を濁したことに鹿園はすぐに気づいてくれ、問いを発してきた。

「実は」

この事実を俺はまだ、君人本人に伝えていなかった。勿論《もちろん》疑っていたわけではない。が、明かしたときの反応は見たかった。

「現場に君人君のものと思われるピアスが落ちていた」

「え……」

鹿園が反応するより前に君人が絶句する。

「さっきピアスのことを聞いたのはそのせいか」

納得した声を上げた彼が、キッと俺を睨み付ける。

「疑ってるってわけ？」

「違う。だが警察は疑うと思う」

俺の言葉に鹿園が、訝しげな表情をしつつも「そうだな」と頷く。

「拾ってしまおうとも思ったんだが、拾っているところを雪村弁護士に見られたら誤魔化しがきかないと、そう考えてしまって」

言い訳がましいと思いつつ、そう告げた俺に君人が、

「別に疚《やま》しいことなんて何もないし」

と不機嫌丸出しで言葉を挟む。

「ピアスはいつなくなった？」

君人はどうやら臍《へそ》を曲げてしまったらしく、鹿園が尋問よろしく問いかけたのに対し、返事もせずにそっぽを向いた。

「別に鹿園は尋問しているわけじゃないぜ」

フォローしてみたが、俺ごときのフォローでは君人が素直に喋るわけもない。どうするか、と鹿園と顔を見合わせていると、

「あの」

と華門が声をかけてきた。

「……………」

こいつの名前は狩野だ。狩野。頭の中で繰り返しつつ問いかける。

「狩野君、何か？」

「僕の記憶では、この部屋で三人で話したときには、藤堂さんの両耳にピアスはそろっていたと思うんです。とはいえ勿論、僕は藤堂さんがこの部屋を出たあと一朗さんを殺しに行ったと言いたいわけではありませんよ？」

君人が口をはさみかけたのを察したらしい華門はそう言うと、

「それより気になることがあるんです」

と室内を見回した。

「気になることって？」

なんだ、と問いかけた俺に華門が、さも自明のことのような口調で簡単に答える。

「この部屋にさっきまであったはずの盗聴器や監視カメラが消えています」

「なんだって？」

盗聴器や監視カメラがないと言っていたのは、『今は』という意味だったのか。思わず俺は大声を上げそうになったが、鹿園に先に言われてしまった。おかげで助かったのは、華門が、

「先ほど佐藤さんが発見されたのです」

と手柄を俺に譲ってくれたことに対し、動揺せずにすんだことだ。

「いつの間に？」

君人が驚いた様子で俺に問いかけてくる。

「最初、一瞬この部屋に入っただろ？」

雪村は最初にこの部屋に我々三人を案内し、続いてその隣の部屋に俺と華門を連れていったのだ。華門がこの部屋の中を見ることができたのはそのときしかない。当然ながら俺の場合もその短い時間にしか気づくチャンスはなかったわけだが、あの一瞬のうちに自分が盗聴器や監視カメラを見抜いたというのは、我ながら無理がある、と心の中で首を竦めつつも、君人にはそう答えざるを得ず、ごく当たり前のような口調で答えたのだった。

「気づいてたのに教えなかったんだ」

へえ、と君人が嫌み全開の口調でそう告げる。

「…………」

そりゃそうだ。自分でもそう思うがゆえに、どう返したらいいか困っていた俺のかわりに華門が口を開く。

「敵を欺くにはまず味方から――ですよね、佐藤さん。さすがだなと思いました」

「いや、そんな……」

だいたい気づいてなかったわけだし。またもリアクションに困っていた俺の助け船となったのは、今度は鹿園だった。

「大牙は刑事の頃から着眼がよかったもんな」

「褒め殺しはいいから」

あまり救われはしなかった。かえっていたたまれなくなったくらいだと顔を顰めた俺に、本当の助け船が華門から出される。

「我々の部屋から立ち去る前まで、藤堂さんはとくに眠そうにはしていませんでしたよね。なのにさっきは熟睡なさってた。もしやこの部屋に戻って何か飲み物を口にされませんでしたか？」

「した！」

確かに、と君人が大きく頷いた。

「なんか部屋が暑くて喉がかわいたから、冷蔵庫からミネラルウォーターを出して飲んだ！」

「そのペットボトルは？　捨てましたか？」

「いや、飲みきれなかったから机の上に……」

置いたはず、と君人が振り返った先に、ペットボトルはなかった。

「……ない……」

「冷蔵庫を見ましょうか」

呆然《ぼうぜん》とした様子で頷いた君人に、華門がそう声をかけ、備え付けの冷蔵庫へと向かっていく。

「どうでしょう。違和感は？」

扉を開け、中を示すと、君人はよろよろと近づいてきて、じっと冷蔵庫内を凝視した。

「……かわっているような……いないような……」

首を傾げていた君人だったが、三十秒ほど見つめたあと、不意に、

「あ」

と小さく声を上げた。

「何か？」

華門が彼の顔を覗《のぞ》き込む。

「……入れ替わっている……と思う。白ワインの銘柄が違うような」

「やはり」

華門は大きく頷くと、

「佐藤さんの言うとおりでしたね」

とまたも不必要な持ち上げをはじめた。

「おそらく、この部屋の冷蔵庫内の飲み物には全部、そう、どれを飲んでもいいようにすべ

てに睡眠薬が仕込まれていたのでしょう。君人さんはそれを飲み眠りについた。薬で眠らされていることがわかっているから、耳からピアスを盗むこともできたし、監視用に設置したカメラや盗聴器を撤収することができた」

「そうだったんだ……」

君人が納得したように頷く。実は俺もそういうことだったのかとまさに納得していたのだが、『これは俺が推理し、助手の狩野に教えたこと』という前提があるゆえ素直に感心することができずにいた。

「しかし証拠はない」

そこに鹿園が水を差して——他意はないだろうが——くる。

「やっぱりロシアンは俺を疑ってるんだな」

鹿園に対し君人が白い目を向けるのに、そうじゃなくて、と俺は二人の間に割って入った。

「勿論鹿園も君人君を信じている。ただ警察を納得させるには根拠は弱い、と言いたいだけなんだよ」

「そうだ。まさに大牙の言うとおりだよ」

鹿園が嬉しげにそう言い、俺へと視線を向ける。

「俺たちは一心同体だな」

「少女隊かよ」

答えようがなく笑って誤魔化していた俺のかわりに、君人がとても二十歳《はたち》とは思えない突っ込みをし、鹿園を睨む。

「少女隊？　少年隊は知っているが？」

一方、昔から芸能関係一般には疎《うと》い鹿園が戸惑った声を上げるのに、

「少女隊も少年隊もいいから」

と話を戻した。

「犯人になり得る可能性があるのは誰かを考えよう……とはいえ、消去法でいくと次男の力くらいしかいないんだが」

「家にいたのって、俺ら以外には殺された長男とその力、それから一豊氏にナース……使用人もいたのかな？」

ようやく君人は機嫌を直したらしく、先ほどのように無視することなく共に考え始めた。

「どうだろう……」

首を傾げた俺の横から、華門が話に入ってくる。

「毎日家政婦が二名、来ているそうです。が、今日は親族会議ゆえ、休暇をとらせているという話でした。また、雪村弁護士の事務所の若い事務員が――あの、我々の車をガレージに入れてくれた彼ですが、あの男もかなり前に帰っています。なので今家にいるのは西宮家の家族と、雪村弁護士、看護師、それに我々となりますね」

「…………」

いつの間に、と唖然としつつも、

「ありがとう」

と礼を言う。

「どういたしまして」

いつものように華門が返すと、鹿園がそれに反応した。

「『どういたしまして』？」

そう言い、俺を見る。

「え？」

疑わしげな顔になった彼が何を言いたいのかがわからず問い返しながらも、俺の胸はざわついていた。

鹿園は勘が良い。もしや何か気づかれたのでは。高鳴りそうになる鼓動を気力で抑え、できるかぎり平然とした顔でいた俺は、続く鹿園の指摘に、思わずずっこけそうになった。

「……大牙も最近『どういたしまして』とよく言うよな。流行《はや》ってるのか？」

「…………それ、今、聞かなきゃいけないほど大事なこと？」

俺以上にずっこけたらしい君人が憮然《ぶぜん》としてそう告げたとき、ドアをノックする音が室内に響いた。

「なんだ」

声をかけたのは鹿園だった。部下が来たと思ったらしい。が、ドアを開いたのは雪村弁護士だった。

「……君人君、ちょっといいですか？」

失礼します、と我々に会釈をしたあと、雪村は君人に声をかけた。

「はい」

君人が返事をし、何事かというように雪村を見る。俺も、そして鹿園もまた雪村に注目する中、彼が口を開いた。

「力さんがあなたと話したいと仰《おっしゃ》っています。食堂まで来ていただけますか？」

「………」

君人が、どうしよう、というように俺を見る。まさか彼に頼られる日が来ようとは、という驚きを胸に俺は口を開いていた。

「私を同席させていただけるのなら」

「………トラ……さん」

『ちゃん』呼びは申し訳ないと思ったのかもしれないが『さん』をつけるとどうしても例の国民的映画しか浮かばない。

それを指摘しようとしたが、君人に、

「来てくれるの？」

と問われては、些末《さまつ》なことに拘《こだわ》っている場合ではなくなった。

「勿論行くよ」

なんやかんやいっても頼りにしてくれている。それが嬉《うれ》しい、と微笑《ほほえ》んだ俺は、次の瞬間、その微笑みを返してほしいと思うような言葉を君人の口から聞くことになった。

「よかった。トラさんが了承してくれたら、ロシアンも——警察のお偉いさんも一緒に来てくれるだろ？」

「…………そうだね…………」

「大牙が行くなら俺も行くよ」

なんだ、俺を頼ってくれたわけではなかったのだと思い知らされ、力なく笑った俺の声と、君人に頼りにされていると思《おぼ》しき鹿園の声が重なって響いた。

「……ありがとな」

きっぱりとそう宣言する鹿園に礼を言う。と、満面の笑みを浮かべた彼は何を思ったか、

「どういたしまして」

と答えたかと思うと、ちらと華門を振り返った。

「…………」

なんなんだ、その挑戦的な目は。指摘しようとしたが、今はそんな場合じゃない。

「行きましょう」

雪村に声をかけると彼は、

「力さんがなんと仰るか……」

と言いつつも「わかりました」と頷いた。

彼のあとに続き食堂へと向かう。力は食堂の、最上座で我々を迎えた。

「遅いじゃないか。おい、俺はその小僧一人を呼んだんだぞ」

彼の前には赤ワインのグラスとボトルが置いてある。既に彼は酩酊《めいてい》している様子だった。

「小僧……」

指を指された君人が憮然とした声で呟《つぶや》く。

「力さん、大丈夫ですか」

ほぼ呂律《ろれつ》が回っていない様子の力に雪村が駆け寄っていき、顔を覗き込んだ。

「うるさい、弁護士、話をさせろっ」

そんな彼に向かい力は大きく手を振ったのだが、弾みで自身のグラスを倒してしまった。

「畜生！」

悪態をつくばかりの彼にかわり、雪村が倒れたグラスを手にキッチンへと向かっていく。

すぐに帰ってきた彼の手には台拭きがあった。

「………」

弁護士なのに家政婦のようなことをやらされて気の毒だなと俺と鹿園はつい、顔を見合わせてしまった。

テーブルを拭《ぬぐ》うと雪村は再びキッチンへと向かったが、部屋に戻ってくることはなかった。キッチンの奥にも出入り口があるようで、バタンとドアが閉まる音が微《かす》かにしたのがわかった。

「おい、小僧」

雪村に対し、礼も謝罪もしなかった力は、ふらふらしながら食堂の壁にある飾り戸棚へと向かうと、バカラと思しきワイングラスを二つ手に戻ってきて、ドスンともといた席に座った。

「素面《しらふ》じゃ話しづらいこともあるだろ？　さあ、飲もうぜ」

言いながら力がワインをグラスに注ぐ。かなり酔っているのか、テーブルの上に相当量を零《こぼ》しながらも、二つのグラスに注ぎ終えると、そのうちの一つを君人に差し出した。

「小僧、二十歳越してんだろ？　飲めよ」

「………」

君人は動こうとしない。

「なんだよ」

無視されたことにむっとしたらしい力が声を荒立てたのに、答えたのは君人ではなく鹿園だった。

「お話というのを伺わせてもらいましょう」

「なんだ、お前は」

力が今度は鹿園に吠《ほ》える。が、鹿園が、

「警察です」

と手帳を見せると、すぐさま大人《おとな》しくなった。

「なんだよ、警察が俺になんの用だよ」

鹿園から目を背け、ぶつくさと呟いていた力が、ああ、と何か気づいた声を出す。

「俺を疑ってるのか？　兄貴を殺したのが俺じゃないかって？　ふざけんなよ、だいたい現場に小僧のピアスが落ちていたんだろ？　なのになんで逮捕しないんだ？　こいつを」

「小僧小僧って、人の名前覚えられないのかよ、『おじさん』」

悪《あ》し様に罵《ののし》られ、さすがにむっとしたのか君人がそう言い捨てた。

「なんだと？」

力もまた君人を睨む。

「ふざけるなよ、ガキが。この人殺し！」

「あんたこそ、自分の兄貴を殺したんじゃないのか？　その罪を俺にかぶせようとしてるんじゃないのかよっ」

罵り合う二人の間に俺と鹿園が割って入る。

「よせよ、君人君」

「力さん、話がないというのなら失礼しますよ。あなたは酔いすぎている。それじゃ会話などできないでしょう」

行こう、と鹿園が君人と俺に声をかけたが、力の怒声が響き渡り、皆の動きを止めた。

「話はある！　誰がこの事件の犯人かってことだ！　警察がいるんならちょうどいい。俺の身の潔白を証明してやる。お前もできるもんならやってみろ、君人」

ようやく『小僧』と言うのをやめた力が真っ赤な顔でそう叫ぶ。

「できるさ！」

売り言葉に買い言葉、君人が叫び返すと力は、

「よし」

と赤い顔のままにやりと笑い、君人にグラスを一つ差し出した。

「取れよ。折角注いでやったんだ。ゆっくり座って話そうじゃないか」

「………」

だが君人が動く気配はない。君人はあまりワインが好きではないと春香から聞いた記憶があったが、今彼が力からグラスを受けとろうとしないのはおそらく、力が殺人犯の可能性が高いという先ほどの我々との会話を思い出しているからではないかと思う。

さすがに俺たちの前で、君人を毒殺するような真似《まね》はしないと思うが、気持ちがいいもの

ではないことはわかる。それで俺は『酒はいいじゃないですか』的なフォローを入れようと口を開きかけたのだが、そのときには力がもう喋り出していた。

「なんだ、俺が毒を入れたとでも思ってるのかよ。くだらない。警察官の前でそんなことするわけないだろ？」

馬鹿か、と吐き捨てると、君人に差し出していたグラスを口へと持っていく。

「偉そうな顔してるが、お前の出自を知ったあとでもそんな顔、してられるのかね」

憎々しげに呟く力に、君人が、

「なんだと？」

と問い質《ただ》そうとする。が、次の瞬間、ワインをガブリと飲んだ力が酷《ひど》く驚愕《きょうがく》した顔になったあと、喉《のど》をかきむしるようにして苦しみだしたのに、君人も、そして俺も唖然とし、その場に立ち尽くしてしまった。

「う……っ……うう……っ……きみ……っ……と……っ……お前は……っ」

「毒だ！　おそらく！」

最初に我に返った鹿園が力に駆け寄る。と同時に力は苦しがりながら椅子《いす》から転がり落ち、床にうつぶせに倒れ込んだまま動かなくなった。

「…………死んでいる……」

鹿園が彼を抱え起こし、様子を見やってから呆然とした顔でそう告げる。

「………どうして……？　誰が……？」

君人の顔は真っ青だった。呟く声が酷く震えている。

「あのグラス……俺が飲むはずだったんだよな……」

「君人君、落ち着くんだ。君のことは僕らが守るから」

春香さんとも約束をしたし、と君人の傍に行き手を握る。ぶるぶると震えていた彼の指先は氷のように冷たくなっていた。

「……春香と……」

春香の名を出したのがよかったのか、君人は俺に対し、それまでのような感じの悪い態度をとらなかった。そんな気持ちの余裕がなかったということもあるだろう。

「畜生、警察の前で殺人など……っ」

鹿園が悔しげな声を上げ、力の遺体をもとのようにそっと横たえると立ち上がって俺を見た。

「大牙、現場保存を頼む」

「あ、ああ」

わかった、と頷くと、鹿園は物凄《ものすご》い勢いで部屋を出ていった。まだ屋敷内には捜査一課の刑事たちや鑑識が残っている。すぐに彼らがやってくるだろうと察し、その前に遺体の状態を見ておこうと、

「ちょっとここにいてくれ」

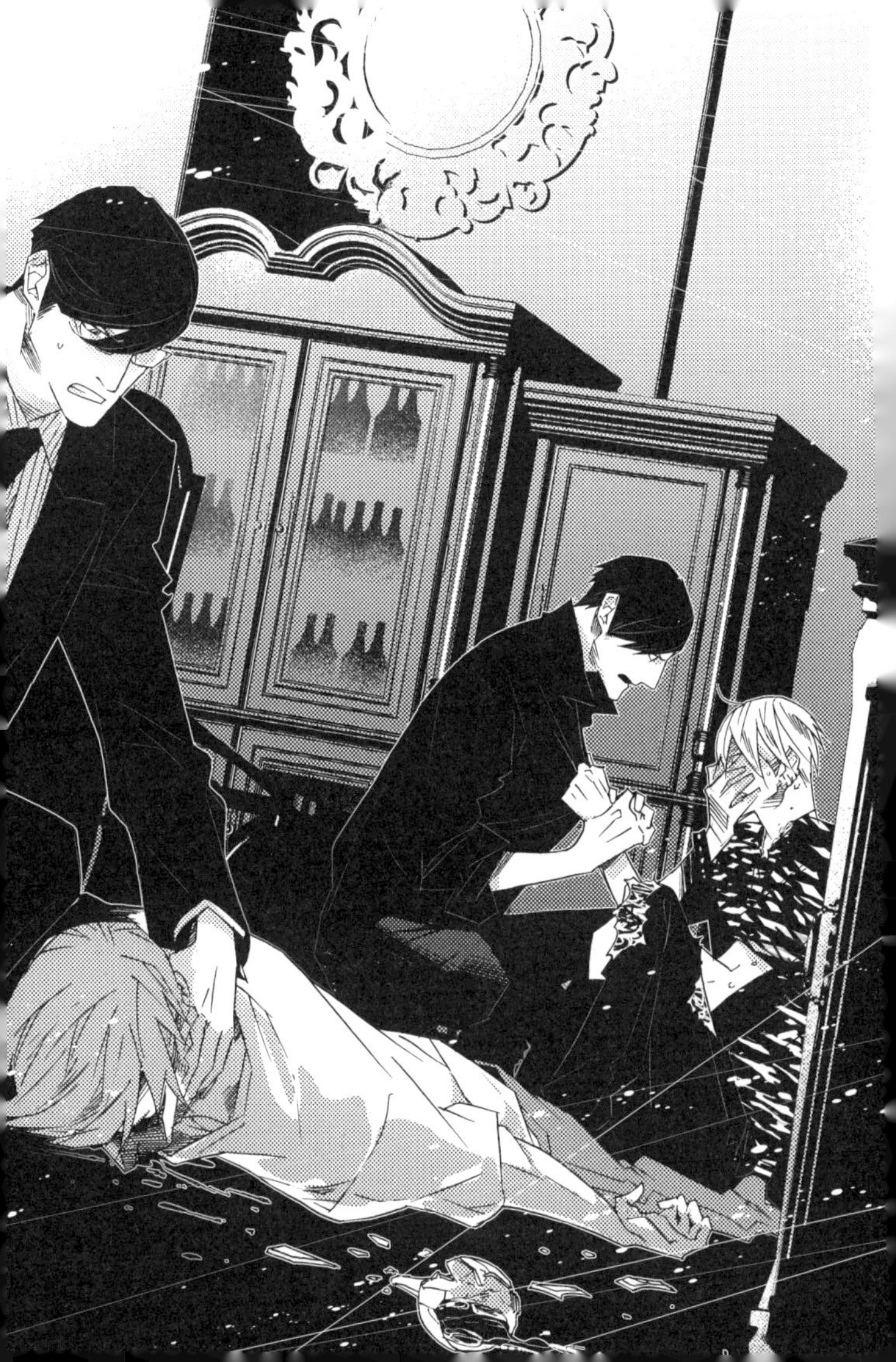

と君人に声をかけてから遺体へと近づいていった。

「…………」

うつ伏せになっているので力の顔はあまりよく見えないものの、微かに見える頬の歪《ゆが》みから苦悶《くもん》の表情を浮かべていることがわかる。毒殺か、とテーブルの上に倒れたグラスを見やりながら俺は、毒は一体何に仕込まれたのだろうと考えた。

ワインか。グラスか。それとも他のものか。ボトルがそれまで力の飲んでいたものなら、ワインという可能性はなくなる。

ではグラスか。もともと毒が塗ってあったとか？　しかしそれができるのは力だけだ。飾り戸棚には他にも、それこそヴェネツィアン・グラスから、江戸切子までさまざまなワイングラスが揃っている。

そんな中、あのグラスを選んだのは力本人だった。いつも彼は客人にそのグラスでワインを振る舞うという慣習があったら話は別だが、そうでないかぎり彼がどのグラスを選ぶかはわからなかったはずだ。まさかあの棚の中のグラス全部に毒が塗ってあるとか？　あり得ないだろう、と首を横に振ったとき、微かにドアが開く音がし、俺ははっとしてその方を見やった。

「か……」

華門、と呼びかけようとし、違う、と慌てて呼び直す。

「狩野君」

「殺人事件があったと聞きました」

そう言い、近づこうとする彼を、君人の手前俺は一応制しようとした。

「現場保存を頼まれているんだ」

「そうですか」

素直に足を止めた華門が室内を見渡す。

「雪村弁護士は？」

「随分前に部屋を出ていった」

「そうですか」

再び頷くと華門は「外に出ていますね」と断り、部屋を出ていった。

「……なんかあの人……」

後ろ姿を見送っていた俺の耳に、ようやく落ち着いてきたらしい君人の声が響く。

「え？」

「……ちょっと違和感あるな」

ぽつりと呟いた君人の目は、華門が出ていったドアを見つめていた。

「違和感って？」

君人は相当勘が良いと、以前春香に聞いたことがある。まさか何か気づいたのだろうか。

ぎくりとしながら問いかけると、どうやら独り言だったらしく、

「あ、いや、なんでもない」

と黙ってしまった。

「そうか」

ならいい、と頷いたものの、やはり気になり問いかけることにする。

「君人君」

「……なあ」

呼びかけると君人は返事をせず、逆に彼から俺に問いかけてきた。

「長男と次男が死んだ今、遺産相続人は俺だけなの？」

「……ああ、長男も次男も確か、子供はいなかったから……」

そういうことになるのか。改めて察し、思わず唸《うな》った俺の目に、青ざめた顔をした君人が映る。

「……マジかよ……百億……」

ぼそ、と呟いたあと君人は、自分の声に驚いたようにびくっと身体を震わせた。

「どうした？」

怯《おび》えているとしかいいようのない様子の彼に問いかける。と、君人はおそるおそるといった感じで俺へと視線を向けると、ぽつり、とこう呟いた。

「次、俺が死ぬんじゃないか？」

「あり得ない。言っただろ？　俺たちが守るって」

言い切ると君人は少し驚いたように目を見開いてから、ふっと小さく笑った。

「ありがとう……頼もしいような、頼もしくないような」

ようやく普段の嫌みが戻ったところを見ると落ち着いたのだろう。

「失敬な」

言い返し、背を度突くと君人は「痛いな」と睨む真似をしたものの、すぐ、はあ、と大きく息を吐き出した。

「殺されるのもいやだけど、犯人扱いも嫌だな」

「…………まあ、間違いなく疑われはするだろうな」

三人いた相続人のうち二人が死んだのだ。残った人間が犯人だと皆が皆、思うだろう。その上、長男殺害の現場には君人のピアスが落ちていた。真犯人が罠《わな》にかけようとしたと、いくら本人が主張したとしてもその証拠はないし、誰も証人はいない。

となるとそのピアスは長男殺害の『証拠』になりかねない。参った、と唸ったものの、そもそも君人を罠にかけようとしたのは誰なのかという疑問に立ち戻った。

我々はそれを力だと思っていた。が、最早、力もこの世にいない。

「誰が犯人なんだ？　犯人になりそうなヤツはもういないぜ？」

俺以外、と呟く君人に同意していいものか迷い、俺は黙り込んだ。沈黙が二人の間に流れる。

「……とにかく、任せろ。少なくとも力殺害に関しては、俺も鹿園も、お前には毒を入れるチャンスなどなかったと証言できるから」

沈黙が重くて、少しでも君人を安堵させることを言ってやりたいと俺は、わかりきったことを言い、彼を見た。

「……どうも……」

君人が頭を下げたあと、思い詰めたような目で俺を見る。

「なに？」

「あの狩野って助手が怪しいんじゃないか？」

唐突な彼の指摘に俺は思わず、驚きの声を上げていた。

「なんで⁉」

「なんとなく、違和感あったんだよ。言葉じゃ説明できないけど……佐藤探偵事務所で働き出したのがこのタイミングというのも気になってた。もしかして彼が長男次男を殺したんじゃないか？」

「ちょっと待ってくれ。狩野君が二人を殺すメリットなんてないだろ？」

乱暴すぎる、と言い返した俺だったが、続く君人の言葉を聞き、うかつにも絶句してしまった。

「彼本人になくとも、誰かに頼まれたのかもしれないじゃないか。そう、『殺し屋』みたいに」

「……っ」

殺し屋――まさにそれは華門の職業だった。

「可能性としてはあるだろう？」

黙り込んだ俺が納得したと思ったのか、君人がそう言い顔を覗き込んでくる。

「あり得ないよ。身元は確かだ」

確かに華門は殺し屋で、何者かに君人の殺害を依頼されていたことも事実だ。だが今回彼は、その依頼を断り、俺の依頼を受けてくれたのだ。

君人を守ってほしい、という依頼を。

その彼が人を殺すわけがない。そう主張したいが当然ながらするわけにはいかないと唇を嚙む俺の脳裏に、華門の顔が浮かぶ。

『俺の手は血で汚れまくっている。今更別の人生など歩めるわけがない』

淡々と告げられた言葉まで耳に蘇《よみがえ》ってきてしまい、そんなわけがあるか、と幻の声をかき消そうとする。

「怪しいよ」

君人が尚もそう言うのを、俺はつい、怒鳴りつけてしまっていた。

「怪しくないって言ってるだろ！　いい加減しつこいぞっ」

「…………」

君人が少し驚いた顔になり、口をつぐむ。不自然な沈黙が流れる中、俺は君人の訝しげな視線を痛いほどに感じながら、こうもムキになれば逆に疑われるのはわかっていただろうに、と考えなしの自分を猛省していた。

8

　俺と君人、それに華門は鹿園により居間に集められ、それぞれ一人ずつ別室で事情聴取を受けることになった。

　トップは君人で、彼が部屋を出ていったにもかかわらず鹿園は室内に留《とど》まっている。話を聞かれる相手は鹿園ではなく他の刑事ということか、と察すると同時に俺は、ドアの処に立つ二名の刑事が、どう見ても俺たちを見張っていることにも気づいたのだった。

「鹿園も容疑者なんだ？」

　事情聴取される側にいることとは、と問うと鹿園は「まさか」と少し憮然とした顔になったあとすぐ、

「大牙たちも容疑者というわけじゃないよ」

　と言い足した。

「君人君は事情が違うが」

「まあ、ピアスの件もあるし、何より今や唯一の遺産相続人だからな」

　容疑者とされても仕方はあるまい、と頷くと俺は、可能であれば捜査状況を教えてほしい

と鹿園に頼んだ。

「勿論」

かまわない、と微笑み鹿園が喋り始める。

「力氏は言うまでもなく毒殺だ。毒物の種類は青酸カリ。ワインに混入されていた」

「え？　でもワインはそれまで飲んでたものだろ？」

「ああ。グラスの中のワインに混入されていたんだ。ボトル内のワインからは毒物反応は出なかった」

「…………じゃあ、グラスに仕込まれていたかもしれないということか？」

「そうだ」

鹿園が頷き話を続ける。

「ただ、他のグラスには毒物反応はなかった。力氏が飾り戸棚から取り出したもう一つのグラスにもだ。因《ちな》みに戸棚の中のグラスすべてを調べたが、毒は付着していなかった」

「……となるとますますわからないな。どうやって犯人は毒を仕込んだんだろう」

「もう一つ、わからないことがある」

俺の疑問に鹿園が彼の疑問を追加する。

「犯人は誰を狙ったんだろう？　力氏か。それとも君人君か。もともとあのグラスは君人君が飲むはずのものだっただろう？」

「しかしそれを決めたのは力氏だ。選ぶことはできない」

言ったあと俺と鹿園は二人して顔を見合わせた。

「もしかして」

「どっちでもよかった……とか？」

「しかし！」

ここで鹿園が大きな声を上げる。

「どちらが死んでもよかったと考えるような人間は一人しか思い当たらない。長男の一朗氏だ。二人が死ねば遺産は独り占めできるからな。だが既に一朗氏も殺されている」

「……他に相続人はいないのか？」

問うてから俺は、殺害動機を遺産相続に限定するのは危険か、と思いついた。

「それから西宮家に恨みを抱くような人間はいないのか？」

「どちらも調査中だ。が、西宮家はこのあたりの名家だからな。金持ち喧嘩《けんか》せず、っていうわけじゃないだろうが、争い事もほとんどない。一族の誰でもいいから殺したい、なんて恨みを持つ人間は捜査線上には浮かんできていない」

「他に相続人は？」

問うと鹿園は「調査中だが」と前置きをしたあと、

「いない、という線が濃厚だ」

と断言した。

「……じゃあ、『どっちが死んでもいい』なんて思う人間はいないってことか」

うーん、と唸る俺の横で鹿園も「そうだな」と首を傾げている。と、そのときドアが開き、君人が部屋に戻ってきた。

「次、トラさんだってさ」

無愛想に言い捨て、どさりとソファに腰を下ろす。機嫌が悪いところを見ると、犯人扱いでもされたのだろうと推察できたものの、同情するより先に俺は、

「トラさんはやめろ」

と言い置き、立ち上がってドアへと向かった。

別室で待っていたのは所轄の刑事だった。事情聴取というよりは取り調べといった、非常に感じの悪い対応をされた。

「ワイングラスに毒を入れた人物を見ませんでしたか」

「見ていません」

「あなたが入れたんじゃないですか？」

「なんのために？」

「それを聞きたいのはコッチですよ」

実にぞんざいな態度で接してくる。こんな扱いをされたのであれば、君人の不機嫌さもわ

かる、と同情しつつも問いに答えること五分、

「もう結構です」

と、早々に解放された。どうやら鹿園が事前に所轄の人間にも、状況を説明していたからのようだ。

俺には殺害の動機はない上、おそらく鹿園が俺の無実を主張してくれたからだろう。それがわかったのは所轄の刑事が「もう結構です」と言ったあと、続けた言葉を聞いたからだった。

「鹿園警視とは随分お親しいようですね」

「特別親しくなくとも、この場合俺も鹿園の無実を証明できますけどね」

この程度の嫌みを言っても許されるだろう。実際、俺も鹿園も、そして勿論君人も、ワイングラスには近づかなかったと胸を張って証言できる。

「どうぞ、お引き取りください。次、狩野さんを呼んでもらえますか」

俺の嫌みを所轄の刑事は軽く流した。そのせいで今まで以上にむかついてしまいながらも俺は部屋に戻り、華門に行くよう指示を出した。

「わかりました行って参ります」

雇用主ということになっているためだろう。華門が俺に対し丁寧に頭を下げ部屋を出ていく。と、それを狙ったかのように鹿園が近づいてきた。

「大牙、ちょっといいか?」

囁いてくる彼の息が耳朶にかかる。

「近くないか？」

離れろ、と胸を押しやったが鹿園の距離は詰まる一方だった。

「聞きたいことがある」

「なんだ？」

こうまでこそこそするということは、今室内にいる君人に関することかと思い、問い返したのだが、鹿園の話題は別にあった。

「あの狩野という男だが、前職は？」

「……似たような仕事だそうだよ」

しまった、その打ち合わせはしていなかったと思いつつ、適当な答えを返すと、予想どおり鹿園が突っ込んできた。

「似たようなって？」

「探偵事務所の助手をしていたと言っていた」

「お前の事務所、アルバイト募集なんてかけてないだろ？」

「急遽《きゅうきょ》、募集したんだよ」

「どこに」

鹿園には俺の仕事についても私生活についてもほぼ百パーセント把握されているだけに、

下手《へた》な誤魔化しはきかない。どうするかなと思っていたところに、本人その気はなかったのだろうが君人が救いの手を差し伸べてくれた。

「なにこそこそしてんの。鹿園さんも俺が怪しいと思ってるんだ?」

「いや、違うよ」

鹿園が慌てた様子で俺から離れる。

「ならなんでそんなに密着してるんだよ」

「それは……」

鹿園が何かをいいかけたそのとき、ドアがノックされ鹿園の部下が室内に入ってきた。

「警視、その……藤堂君人さんのご友人だという方が、君人さんに会いたいと」

「ご友人?」

鹿園が問い返したときには、君人も、そして俺もその『ご友人』が誰なのかを察していた。

「春香だ!」

君人がドアに向かい駆け出そうとする。

「あの、よろしいでしょうか」

その前に立ちはだかりながら部下が、会わせてもいいのかと鹿園に問いかけると、鹿園は
「勿論」と頷いた。

「藤堂君人さんは逮捕されているわけでも身柄を拘束されているわけでもないからね」

「ありがとう、鹿園さん」

弾む声を上げ、君人が部屋を駆け出していく。俺もまた彼のあとに続いたのだが、玄関先に所在なさげに立ち尽くす春香の姿を見た瞬間、そのあまりの異様さに絶叫してしまったのだった。

「春香さんーっ⁉」

異様――ではないのかもしれない。世間一般的には。しかしそれが春香だと思うと、天地がひっくり返るほどの異様さだった。

というのも彼は、ごくごく当たり前のスーツ姿の上、トレードマークのスキンヘッドにはなぜだかふさふさと毛が生えていたのである。

しかも。しかも彼の態度からはいつもの、くねくねした様子がすっかり取り払われていた。

「君人君、大丈夫か？　心配になって来てしまったよ」

声も可愛《かわい》くない！　いや、いつもの声が可愛いかと言われれば微妙なのだが、男らしいことこの上ない声である。

しかしイケメンだ。いかにもなエグゼクティブといった雰囲気の春香を前に、俺も、そして呼びかけられた君人も、ただただ呆然としてしまっていた。

「鹿園君や佐藤君がついているから、大丈夫だとは思ったんだが、やはり気になってね。あがらせてもらってもいいだろうか」

「春香……どうしたの？」

ようやく口がきけるようになった君人が春香に駆け寄り、胸に縋《すが》る。

「話はあとだ。上がらせてもらうよ」

春香は微笑みそう言うと、靴を脱ぎ用意されていたスリッパに履き替えた。

「あ、案内します」

後ろを向き、自分の靴を揃えるときの仕草に、ちょっとカマくささが残っていたが、ほぼ完璧《かんぺき》な『男』を演じている春香に、俺は心の底から感嘆していた。

間違いない。春香は気を遣ったのだ。いても立ってもいられなくなったものの、君人が白い目で見られることのないようオカマの自分を封印し、恋人のもとを訪ねてきたのだろう。

泣かせるよ。春香さん。それで俺は言葉を失うばかりの君人にかわり、二人をもといた部屋へと案内した。

「ここはいい」

鹿園もまた、春香の姿を見て愕然《がくぜん》とした顔になったが、すぐその意図を察したらしく、室内に残る刑事たちを追い出した。

俺たちだけになった途端、春香が君人をがばっと抱き締め、『いつもの』声を張り上げた。

「君人ーっ！　心配したのよーっ」

「春香、どうして？　なんでそんなヘンなカッコしてるの？」

君人もまた春香の背をしっかりと抱き絞め返しながら尋ねる。

「あんたを驚かせようと思ったのよ」

春香はそう答えたが、それが嘘であることは勿論、君人も承知していた。

「気なんて遣わなくていいのに！　俺は春香のこと、誇りに思ってるんだから！」

「アタシもよ！　君人はアタシの誇りよう！」

恋人たちには最早、俺や鹿園の姿は目に入っていないようだった。そのまま熱いくちづけをかわしそうになっていた二人に、鹿園がおずおずと声をかける。

「邪魔する気はないんですが、春香さん、なぜ一朗さんと力さんが殺されたことがわかったんです？」

「え？　二人とも殺されたの？」

春香が仰天した声を上げる。彼がこの場に『男装』して現れたのは、君人を送り出したあとやはり心配になり、西宮家をこっそり窺《うかが》っていたところ、警察が大挙して訪れ大騒ぎになっていたため、様子を見に来たということだった。

「驚いた。マスコミにはまだ情報を規制しているというのに、どうやって知り得たのかと思いました」

やれやれ、と溜め息をついた鹿園だったが、春香に、

「あら、長男が死んだことはもう、恭一郎《きょういちろう》が知ってたわよ」

と返され、慌てて部屋を飛び出していった。

「さすが麻生さん」

「『さすが』じゃないわよ。トラちゃん、あんた、なんのために君人に付き添ってんのよ」

感心した俺を春香がじろりと睨み、厳しい声をかけてくる。

「なんのためって……」

「こんな非常事態が起こってるのに、なんでアタシに知らせてこないのよ」

「悪かった。心配かけたくなくて」

実際、君人のピアスが殺害現場に落ちていたなんて知らせたら、春香は動揺しまくるに違いない。が、事件が起こったことくらいは連絡すべきだったと反省し頭を下げると、春香はすぐに機嫌を直した。

「まあいいわ。ところで次男も殺されたんですって？　犯人は？」

「それがさっぱり」

わからないのだ、と俺は、二つの事件の概要を簡単に春香に説明してやった。

「不思議な話よね」

聞き終わると春香はそう言い、首を傾げた。

「殺害の動機は遺産じゃないってことかしら。だって相続人はその二人と君人だけなんでしょう？」

「のはずです」

俺が頷いたと同時に君人が、

「俺、やってないよ」

と弱々しく呟く。

「わかってるわよ。当たり前じゃないの」

春香はそう言うと君人に抱きつき、

「んーっ」

と頬に熱烈なキスをした。

「君人だって罠にかけられているわけでしょ」

「確かに、一朗殺害の犯人とみなされれば、相続権を失いますしね」

俺の言葉に君人が「ああ、そうか」と納得した声を上げる。

「となると相続人がいなくなるってこと？　そういった場合、遺産はどうなるの？」

「被相続人の親か兄弟にいくんじゃなかったかしら」

確か、と春香は告げたあと、

「ああ、でも」

と言葉を続けた。

「恭一郎が調べたところによると、一豊氏にはどちらもいないはずだわ」

「………やっぱり、他に相続人がいるんじゃないかな」

そうとしか思えない。そう呟いた俺の頭に閃くものがあった。

「遺言書だ！　そこに新たな相続人が書かれているんじゃないか？」

「遺言書？　あるの？」

春香の問いに君人が答える。

「あるって弁護士が言ってた。内容は一豊氏と雪村っていうその弁護士しか知らないけど」

「じゃあ遺言書に誰かの名があったら、その人物が犯人ってこと？」

「そうかも」

そしてその人物の名を知る人間は雪村一人、と察した俺は、部屋を飛び出そうとした。

「トラちゃん？」

「ちょっと雪村弁護士に聞いてくる！」

そう言ったあと、俺が聞くより鹿園経由のほうが話が早いかと思いつき、彼の姿を捜した。

「鹿園！」

ちょうど廊下を歩いていた彼の背に声をかける。と、鹿園は酷く難しい顔をし俺を振り返った。

「どうした？」

「いや……君人君の部屋に監視カメラと盗聴器があったと、狩野が言ってただろ？」

君人は『君』づけだが狩野は——華門は呼び捨てか、と思いつつ「ああ」と頷くと、鹿園は相変わらず難しい顔のまま、口を開いた。

「その機材が力氏の部屋から見つかったというんだ」

「なんだって？」

驚く俺の前で、鹿園も訝しげに首を傾げる。

「となると、君人君を眠らせ、ピアスを奪ったのは力氏ということになるのだろうが、その力氏を殺したのは一体誰なんだ？」

「……わからない。が、遺言書の中身がわかれば犯人の目星はつくんじゃないかと思う」

俺の言葉に鹿園が、

「そうだな」

と頷いたそのとき、ガラスの割れる音と共に轟音《ごうおん》が——どう聞いても銃声にしか聞こえない音が響き渡り、俺と鹿園は顔を見合わせた。

「どこだ？」

「わからない……が……っ」

次に狙われる人間は、と考えた場合、一人しか思いつかず、俺はその部屋に——君人がいる部屋に向かい駆け出していた。

「大牙！」

鹿園も俺のあとを追う。

「大丈夫かっ！」

バンッと勢いよくドアを開き、春香と君人がいる室内に飛び込む。

「春香さん！」

部屋の中央には倒れた春香を抱える君人の姿があった。春香は肩を撃たれたらしくスーツに血が滲《にじ》んでいる。

「どうした⁉」

勢い込んで尋ねる鹿園に、君人は答えることができず、ただふるふると首を横に振っていた。

「春香さん！」

駆け寄り、春香の前で屈《かが》み込む。

「救急車！　狙撃手も捜せ！　敷地内から外に出すな！」

鹿園が大声で指示を出す中、俺は春香に問いかけた。

「どうした？　誰に撃たれた？」

「……わからない……」

答えたのは春香ではなく君人だった。春香は薄く目を開くと、大丈夫、というように俺に頷いてみせる。

「窓から撃たれたんだな？」

止血を、と春香の上着を脱がそうとすると、君人がバシッと俺の手を払い退《の》けた。

「触るなっ」

「止血だ！　退《ど》いてろ！」

「……わかった……」

怒鳴りつけると、君人はびくっと身体を震わせたまま俯《うつむ》き、その場に泣き崩《くず》れた。

「俺の……俺のせいだ……っ……狙われていたのは俺だったのに……っ……春香さんが先に気づいて、俺をかばって……っ」

泣きながら君人は状況を説明してくれたが、それは俺に聞かせるためというよりは、喋っていないと胸が潰《つぶ》れてしまいそうで、それでひっきりなしに言葉を発しているのだと思われた。

「春香……っ……どうしよう、春香が死んだら……っ」

「大丈夫よ、君人……」

傷口にハンカチを当て、しっかりと押さえつけて止血をしていた俺に春香は礼を言うように頷いてから、細い声で君人に声をかける。

「春香！」

君人が春香に縋る。春香はそんな彼の髪をそっと撫《な》で、笑ってみせた。

「……あんたが無事で……よかったわ」

「よくない……っ……よくないよ……っ」

「春香さん、撃った人間の顔は見た？」

俺の問いに春香は力なく、首を横に振った。

「ライフルの銃口が見えただけ……男か女かもわからなかったわ」

春香がそこまで答えたところに、救急車が到着した。家族しか同乗できないという決まりがあるそうだが、君人は「家族です」と言い張り、春香に付き添っていった。

見送っていた俺に鹿園が近づき話しかけてくる。

「庭にライフルが落ちていた。怪しい人物の出入りはないから、撃ったのは屋敷内にいた人間ということになる」

「屋敷内って、警察以外に誰がいると思ってるんだ？」

俺は思わず彼を怒鳴りつけていた。

「一豊氏と雪村弁護士、それから看護師だ。一豊氏は体力的に不可能、看護師には君人を狙う理由がない。となるともう、残るのは……っ」

「わかっている！　今、雪村弁護士の行方を捜しているところだ！」

怒鳴り返してきた鹿園の言葉に驚き、聞き返す。

「行方を捜すって、いないのか？」

「ああ、いない。屋敷の外に出た気配もない。この家は部屋数がやたらと多い上に地下室まである。その一つ一つを捜している最中だ」

「……それじゃ、もう決まりじゃないのか？」

犯人は雪村だと。問おうとした俺に鹿園が「おそらく」と頷いてみせる。

「動機は？　彼にとって西宮家の人間が何人死のうがメリットはないだろう？　遺言書に彼の名が書いてあるとか？」

勢い込んで尋ねる俺に鹿園は、

「それは一豊氏に聞かなければわからないな」

と言いつつも、そんなところだろう、と俺の意見に同意してみせた。

「しかし、だからって法定相続人を殺すとか考えられるか？　そもそもタナボタで貰える遺産だぜ？　普通考えないだろう」

「タナボタじゃないのかもしれない」

鹿園が難しい顔をし、ぽつりと告げる。

「……え？」

どういうことだ、と問いかけると鹿園は、

「今調査中なんだが」

と声を潜めた。

「雪村が一豊氏の隠し子という噂があることがわかった」

「本当か？」

仰天する俺に鹿園は、

「あくまでも噂だ」

と己の唇に人差し指を宛《あ》て、静かに、と睨んできた。

「……隠し子……か」

となると遺産は四等分されるはずだった、ということか。それならわからない話でもないが、それでも人殺しまでするかという疑問は残る。

それに、と俺は雪村の顔を思い浮かべた。

「似てないだろ、一豊氏に」

他の子供たちは全員、彼に酷似《こくじ》していた。子供どころか孫である君人まで同じ顔をしているのに、雪村だけ似ても似つかないというのは不自然な気もする。

首を傾げたと同時に俺は、そういえば、とあることを思い出していた。力が死ぬ直前、君人に言った言葉だ。

『偉そうな顔してるが、お前の出自を知ったあとでもそんな顔、していられるのかね』

直後に力が死んだため、深く意味を考える暇がなかったが、あの言葉も謎《なぞ》だった。

「なあ」

それで鹿園に意見を聞くと、

「それは俺も気になっていたんだよな」

鹿園もまた同じ疑問を抱いていたと言い、俺たちは暫し二人して首を傾げた。

「出自って、父親である一豊氏に許されない子供だったってことか？　しかしそれはもう、秘密でもなんでもない。公然の事実だ」

「まさか薫の子供ではない……とか？　しかし顔はそっくりだから、それはなさそうだよな」

言いながら俺は、君人から聞いた話を思い起こしていた。

母親は入院中で、一度も喋ったことはないということだった。何か先天的な病を患っており、それが遺伝する恐れがある――とかだろうか。

しかしそれは『出自』ではないような。尚も首を傾げたそのとき、鹿園を呼ぶ声が遠くで響いた。

「鹿園警視！　雪村を発見しました！」

「よし！」

鹿園が声のほうへと向かう。俺も彼のあとを追い、地下へと向かう階段を駆け下りた。

「隠し部屋になっていたため発見が遅れました」

広い地下室内には既に、鑑識が詰め寄せていた。もしや、と思いつつ、広々とした地下室の戸棚の奥の、その戸棚を横にずらさないと開けることができない扉へと鹿園に続いて進む。

「…………」

扉の中は三畳ほどの小部屋になっており、コンクリートが剝《む》き出し状態の床に雪村が倒れていた。

脈を取るまでもなく、彼が絶命していることはわかった。唇の端から血が流れている。目立った外傷がないことから毒を飲んだものと思われる。覚悟の自殺と察することができたのは、遺体の傍に『遺書』とワープロ打ちされた封筒が落ちていたためだった。

しかし本当に自殺なのか？　疑問が残る、と遺体を見つめていた俺は、耳許で不意に囁かれ、ぎょっとし振り返った。

「わかっていると思うが、自殺ではない」

「……っ」

囁いてきたのは華門だった。いつの間に、と驚き振り返った俺に華門は小さく頷くと、来い、というように小さく顎き踵を返した。

「華門？」

呼びかけてから、しまった、と慌てて呼び直す。

「狩野君？」

「誰も聞いちゃいない」

華門が肩越しに振り返り、ふっと笑ってみせる。果たして彼はどこへ連れていこうとしているのか。まるで想像がつかないが、そこに『真相』があるに違いないという予感を俺はひしひしと感じていた。

9

華門は迷いなく屋敷内を進み、三階の最も奥まったところにある部屋へと俺を導いた。

「……ここは？」

部屋の前には二人、刑事と思われる男たちが立っている。今、屋敷内で警護すべき人間は一豊氏しかいないと察した俺の目の前で、華門はつかつかとドアに歩み寄った。

「君」

刑事の一人が声をかけた、その瞬間華門が素早く動いていた。

「な……っ」

目にもとまらぬ早業というのはこういうことを言うのだろう。俺が声を上げたときには二人の刑事が床に沈んでいた。

「華門……」

「安心しろ。気絶させただけだ」

まさか、と呆然としていた俺を肩越しに振り返り、華門は一言そう言うと、ノックもなくドアを開いた。

「………誰だ」

薄暗い室内、くぐもった弱々しい声が響く。やはりここは一豊の部屋だった。ここに『真相』があるということか、と見守る中、華門はつかつかと部屋の中央にあるベッドへと近づいていく。俺も彼のあとを追い、その肩越しにベッドに横たわる一豊の、いつことされてもおかしくない様子の顔を見やった。

「忘れたか」

既に起き上がる気力もなさそうな一豊に、華門は淡々とした口調で問いかけている。

「…………」

一豊は華門を見上げたが、彼が口を開く気配はない。が、華門が続いて声を発したのを聞いた瞬間、一豊の目はカッと見開かれることになった。

「お前が君人殺しを最初に依頼した殺し屋だ」

「なんだ……と……っ」

掠《かす》れた声が一豊の唇から漏れる。俺もまた仰天していたために大声を上げそうになったがなんとか堪《こら》え、一体どういうことだ、と二人のやりとりを見守った。

「……依頼したのは雪村だ」

驚愕はすぐに一豊から去ったらしい。はあ、と小さく息を吐き、呼吸を整えたあとにそう言い華門を見上げる。

「裏にはお前がいた」

短く答える華門に、

「今更、とぼける気はないが……」

一豊は、くっくっと笑いながら身体を起こそうとした。が、力が入らないようでなかなか起き上がることができない。と、華門がすっと手を伸ばし、一豊の背を支え彼が上半身を起こす手伝いをしてやった。

なんたる親切。驚く俺をちらと振り返りはしたが、すぐ華門は視線を一豊に向けた。

「これで話ができる」

一豊は華門の視線を正面から受け止めそう告げると、微笑みながら口を開いた。

「どうしてわかった？　私が自分の相続人を一人残らず始末しようとしたことが」

「……っ」

なんと、一豊は本人自ら君人の殺害依頼だけでなく、一朗と力の殺害まで認めた——今の発言はそういうことだろう、と息を飲む。一豊はそんな俺を一瞥したあと、視線を華門へと戻し、再び喋り出した。

「……まあ、今となっては理由など聞いたところで意味はないな。私は間もなく死ぬだろうから」

「…………」

華門は何も語らず、じっと一豊を見つめている。今、彼の目の中には深遠たる闇《やみ》が広がっていた。かつて俺を竦ませたその闇は、だが、死を前にしているという一豊には少しの恐怖も与えないらしく、薄笑いを浮かべながら彼は喋り続けた。

「唯一の心残りは君人をこの世から抹殺できなかったことだ。なあ、お前が本当にあの有名なJ・Kなら、今からでも遅くはない。全財産をやるから君人を殺してはもらえんか？」

「何故《なぜ》です？　孫なのに？」

実の息子たちを殺した理由も知りたい。思わず声を上げると一豊は、じろ、と俺を睨んで寄越した。

「聞いてどうする？　理由によっては殺しを引き受けるとでもいうのか」

「……いや、俺は殺し屋じゃないから……」

それ以前の問題として、人殺しを是認できない。首を横に振った俺の横で華門が口を開く。

「間もなく死ぬのなら隠すことでもあるまいに」

「確かに、そのとおりかもしれんな……」

ははは、と一豊が力なく笑ったあと、はあ、と深く息をを吐く。

「……復讐《ふくしゅう》だ。息子たちに対する……私の愛する女性を死に至らしめた恨みを晴らしたかったのだ……」

掠れた声が一豊の唇から発せられる。声音は弱々しかったが、一豊の瞳は今、爛々《らんらん》と輝いていた。

憎悪の焔《ほむら》が立ち上っている瞳を誰にともなく向け、一豊はまた喋り出した。

「二十年前、私は息子たちに再婚の意思を伝えた。息子たちは反対した。私に配偶者ができれば、自分たちが相続する遺産が三分の一から六分の一に減ると言ってな。女は財産目当てに決まっているだのなんだのと日々私に説得を試み結婚を思いとどまらせようとしたが、私が強行するつもりだとわかると、相手に矛先を変えた……それは酷いやり方で、彼女を家から追い出したのだ」

「家から……」

もしや一豊が結婚しようとしていた女性は――俺が思い当たった結論には、当然ながら華門も気づいたらしい。

「藤堂景子か」

華門がぼそりとその名を呟くと、一豊は「そうだ」と頷き忌々《いまいま》しげに首を横に振った。

「彼女は決して財産目当てではなかった。息子たちが反対していると知ると、籍を入れる必要はないと彼女から言い出してくれたくらいだ。が、息子たちは聞く耳を持たず、惨《むご》たらしい方法で彼女を私から引き離した……」

興奮し、息が切れたのだろう。一豊がここで一旦、口を閉ざし、はあ、とまた大きく息を吐く。

『惨たらしい方法』とは。ある程度予測はついていたが、実際それが一豊の口から語られたのを聞くと、あまりの痛ましさに顔を歪めずにはいられなかった。

「……強姦したのだ。三人がかりで……」

「…………」

ああ、と一豊が呻《うめ》くような声を上げ、両手に顔を埋《うず》める。酷い話だ、と俯いた俺の耳に、淡々とした華門の声が響いた。

「君人は誰の子だ？」

「……あ……」

もしも兄弟がよってたかって犯したときに出来た子供ということになれば、実際は薫の子ではなく、一朗や力の子供という可能性もある。

それが薫の子となっているということは、と答えを求め一豊を見る。

「わからない。が、息子の中では一番薫が良心的だったということだろう。心身共に傷つき家を出た彼女の行方を捜し出し、妊娠《にんしん》していることがわかると父親になると申し出た。そのときにはもう、景子がまともな精神状態にあったかはわからないが……」

はあ、とまた一豊が深く息を吐く。彼の顔色は紙のように白く、声音はますます弱々しくなっていた。

「……大丈夫ですか」

大丈夫なわけがないとはわかっていたが、問わずにはいられず俺はそう言ったのだが、一豊の耳には届いていないのか、届いていて無視しているのか、俺を見ようともしなかった。

「私は許せなかった。愛する景子を追い詰め、命まで失わせることになった息子たちを……自分の余命が幾許《いくばく》もないと知ったときから、息子たちへの復讐だけを考えていた。私亡きあとも彼らがのうのうと生きるかと思うと――相続した私の遺産で何不自由なく生きていくかと思うと我慢がならなかった。一朗も力も殺してやろう。奴らがあれだけ執着した遺産、相続争いで、疑心暗鬼のうちに一人残らず殺してやる。それはもう残忍に……と、思いはしたが、計画を練り実行するには私の寿命は足りなかった。もっと惨たらしい方法で殺してやりたかったよ」

ははは、と力なく一豊は笑ったが、その顔も声も壮絶としかいいようのないものだった。

「その協力者が雪村だったというわけだ」

ただただ呆然と一豊の様子を見ているのは俺ばかりで、華門は相変わらず淡々と、息も絶え絶えになっている一豊に問いかけている。

「ああ。奴の目の前で遺言書を書き換えてやった。我々には血縁があると嘘をついてな。息子と孫が亡くなっていた場合は、雪村にすべての遺産を相続させると書いたんだ。言うまでもなくでたらめだ。だが雪村は信じた。百億の金に目が眩《くら》んだんだろう。自分の恋人に看護師のふりをさせ共犯にした。一朗が生きているとみせかけるために電話を入れさせたり、力が普段愛用しているグラスに毒を仕込ませたりな」

「…………」

そうだったのか、と納得していた俺だが、ふと、その看護師は今どこにいるのだと気になり室内を見回した。

華門はそんな俺をちらと見たあと、すぐに視線を一豊に戻し口を開いた。

「それで？　満足か？」

「……言っただろう？　君人が生きているのは心残りだと。だが……」

と、一豊がここで苦しげに咳《せ》き込む。大丈夫か、と問おうとしたが既に一豊は自分以外の周囲に気を配れるような状態ではなさそうだった。

「……だが君人をよく見れば、景子の面差しがなくもない……憎くはあるが、彼に限っては本人が悪いわけでもなし。景子の血を引く者に遺産がいくのは、いたしかたない……か……」

苦しげに一豊はそう言ったかと思うと、最後に苦笑するように微笑みこう告げた。

「……遺産か……金がなければ景子を不幸な目に遭わさずにすんだのかもしれんな……」

がっくりと一豊の首が折れる。息絶えたのか、と華門へと視線を向けると華門は俺に頷き、一豊の顔にすっと手を伸ばした。

「何を……」

問うたときにはもう、華門の手が動いていた。開いたままになっていた一豊の瞳を閉じてやる華門を俺は、声もなくただ見つめていた。

「行くか」

ぽつん、と華門が短く言葉を告げる。

「…………ああ……」

頷いた俺に華門は頷き返すと、ドアではなく奥の部屋に通じる扉へと向かっていった。

「？」

部屋を出るのではないのか。首を傾げつつあとを追った俺は、華門が開いたドアの向こう、奥の部屋の床で倒れている看護師の姿を前に、ますます言葉を失い立ち尽くした。

「死んで……いる？」

そう、看護師は明らかに絶命していた。顔がもう土気色になっている。首には見覚えのあるネクタイが食い込んでいたが、その持ち主が既に絶命していることも同時に俺は思い出していた。

ネクタイは雪村弁護士のものだった。そういえば遺体の彼の首からネクタイが消えていたように思う。

一豊には彼女を絞殺する力は残っていなかっただろうから、殺したのはおそらく雪村ではないかと推察できる。

「……口封じ……か……」

一豊は彼女について、雪村の恋人だと言っていたように思う。雪村の目の前に遺産をちらつかせ、協力者である彼女の口を塞がせたのではないかと、それもまた推察できるが、それにしても、と俺は絶命している気の毒な『協力者』を見やったあと、彼女を含めたすべての殺人の計画を立てたに違いない主謀者を――一豊を振り返り、なんともいえない思いに陥った。

「真相を知る人間は誰もいなくなった」

華門の声に、はっとし彼を振り返る。

「どうする？」

問いの意味は俺にはすぐにわかった。が、それを華門が問うてくることのほうに驚き、つい顔を凝視してしまった。

「なんだ？」

「……ありがとう」

考えるより前に俺の口から礼の言葉が漏れる。

「………」

華門は一瞬、わけがわからないという表情になったものの、すぐにいつものとおり、

「どういたしまして」

と答え、ドアを閉めた。

「行くぞ」

「……うん」

華門が先に立ち歩きはじめる。するりとドアを抜け出し、足音も立てずに進む彼に続きながら俺は、広いその背に向かい心の中で再び『ありがとう』と呟いていた。

『どうする？』

何を、という目的語を言わずになされた問い。華門が聞きたかったのは、真相を警察に話すか否か、その『どうする？』であったと俺は解釈していた。

『真相』――実行犯は雪村であり、共犯は彼の恋人の看護師であるというのはある意味正しい。その背後に一豊がいたことを話すかどうかだが、もしも話せば君人の出生について本人に知らせなければならなくなる。

今、ようやく力が君人の出生を悪し様に言っていた、その意図を察することができた。兄弟たちの強姦によってできた子供だという『真相』が君人の耳に入れば、確実に彼の心は傷つく。

一豊にそそのかされたからという理由はあるが、雪村が一朗と力を殺したことは間違いがないし、看護師の死も彼の手によるものだろう。であれば敢えて一豊の関与を明かさずとも、問題はないのではないか。俺はそう考えていた。

自分でも、もと警察官としての倫理はどこへやったと呆れる選択である。正義は真実の中にしかない。『知った』上で真実を隠しとおそうとするなど、あり得ないことだったはずだ。

それでも――。

真相を明らかにするよりも、隠しおおせるものなら隠し通したい。そう決断することにより、もしかしたら俺は己の倫理観という大切なものを失うことになるのかもしれないが、たとえそうだとしても悔いはない、と今ははっきり思うことができた。

きっかけは華門の問いだった。

『どうする？』

そう問うてくれなければ、俺は最後まで迷っただろう。ありがとう。またも呟いたその言葉は、声になど出していなかったというのに、華門の胸には届いたようだ。

「なぜ礼を言うのかがわからない」

肩越しに振り返り、訝しげに告げる彼の背に、俺は軽く拳《こぶし》を当てる。

「………」

華門はまた少し不可解そうな顔をしたが、何も言わずに前を向き歩きはじめた。

警察官としての倫理観を、多分彼は理解できないのだろう。それでも華門の歩調が確かに緩まったのを俺は確信していた。

倫理観はわからずとも、俺へのいたわりの気持ちは抱いてくれている。それがなぜこうも胸が熱くなるほど嬉しく思うのか。答えはもう、とうの昔に悟っている。

「帰ろう、華門」

背中に声をかけると華門はまた俺を肩越しに振り返り「ああ」と頷き笑ってくれた。更に歩調を緩めた彼と並んで歩きながら俺は、ここを出る前に鹿園に対し、一豊の部屋に行ったほうがいいと伝えねばと考えていた。


鹿園に用があるので家に戻りたいと言うと、捜査責任者として慌ただしくしていたからだろう、簡単に帰宅を許してくれた。

俺と華門は華門の運転する車で築地に戻ると、すぐさま寝室へと向かい全裸になって抱き合った。

「『用がある』んじゃなかったのか」

揶揄《やゆ》してくる華門に、

「コレが『用』だよ」

と言い返す。倫理観を失った空虚な部分を満たせるのは、華門の温《ぬく》もりしかないと思った。

彼と抱き合いたい。ぴったりと隙間《すきま》ができないほど肌と肌を合わせたい。華門の匂《にお》いに包まれ、思考力をゼロにしたい。

罪悪感から逃れたい、というよりは、どちらかというと罪の意識を共有したいという気持ちのほうが大きい気がした。罪の意識だけでなく、ありとあらゆる感情を華門と共有したいと願った。俺の心が常に彼には見通されているように、彼の心も見通せるようになりたい。俺はそう願っていたのかもしれない。

「……そうか」

華門は一瞬、何かを言いかけた。が、結局は何も言わず俺の胸に顔を埋めてきた。

「んん……っ」

乳首を強く吸われ、堪《たま》らず声を漏らす。ぞわ、とした感覚が早くも腰から這《は》い上ってきて、欲求不満か、と赤面してしまった。

「…………」

華門がちらと顔を上げ、俺の赤い顔を見る。にや、と笑った彼の手が下半身へと滑っていった。

片脚を浮かし膝《ひざ》を立てる。華門の指を誘うための所作だったが、彼には正しく意図が伝わったようだった。

尻《しり》を撫でるようにして背後に回った指先が、つぷ、と挿入される。乾いた痛みを覚えたはずのそこは指の先端が入っただけなのに激しく蠢《うごめ》き、奥へと誘《いざな》おうとした。

自分の身体ながらその貪欲《どんよく》さが恥ずかしい、羞恥《しゅうち》は、だが快感も呼び、堪らない気持ちが募ってくる。

「胸はもう……いいから……っ」

それよりも、と次なる行為を促す自分もまた、俺にとっては受け入れがたいもののはずだった。以前の俺なら、恥ずかしくて憤死ものだっただろう。慣れというのはおそろしい、なんてことを考える余裕があったわけではないのだが、その『慣れ』を今や俺は愛しいものに感じていた。

「欲しいのか？」

華門がぐっと指を奥へと突っ込み、問うてくる。うん、うん、と首を縦に振って思いを伝えると彼は、

「わかった」

と告げたかと思うと、手早く俺の後ろを解《ほぐ》し身体を起こした。

そのまま両脚を抱え上げられ後孔《こうこう》を露《あら》わにされる。

「……っ」

既に華門の雄は勃ちきっていた。熱い先端が押しつけられる。先走りの液で濡れているため、ぬる、という感触がしたあと、ずぶ、と先端が挿《はい》ってきたのに、俺の背筋をぞくぞくとした感覚が駆け抜け、またも堪らない気持ちが募った。自然と腰を突き出し、結合を求める。

無意識の所作だったが、華門にクスリと笑われ、はっと我に返った。

「ちが……っ」

羞恥から、そんなつもりはなかったと己の行動を否定しようとした俺の両脚を華門が抱え直す。

「違わない」

ふっと笑って彼はそう言ったかと思うと、いきなり腰を進めてきた。

「……っ」

一気に奥まで貫かれ、息が止まる。奥深いところに華門の逞《たくま》しい雄が突き立てられたが苦痛はなく、それどころか酷い昂《たか》まりを俺は感じていた。

「それはよかった」

口に出して言ったわけでもないのに華門はそんな俺の気持ちを見抜いたらしく、ニッと笑うと、やにわに腰の律動を開始した。太い雄が内壁を捲《めく》り上げ、捲り下ろす。それで生まれた摩擦熱はあっという間に俺の身体を焼き尽くし、みるみるうちに全身が火傷《やけど》しそうなほどに熱くなっていった。

「あっ……あぁ……っ……あっ……あっ……あっ」

ずんずんとリズミカルに奥を抉《えぐ》られるたび、いつしか閉じてしまっていた瞼《まぶた》の裏で白い閃《せん》光《こう》が次々走る。耳鳴りのように頭の中で自身の鼓動が響く向こう、やたらと甘ったれたいやらしい喘《あえ》ぎが聞こえてきたが、それを自分が発しているという自覚は残念ながら俺にはなかった。

「もっと……っ……あぁ……っ……もっと……もっと……っ……華門……っ」

喘ぎすぎてすっかり声は嗄《か》れていたし、呼吸困難になりそうなくらい、息も乱れていたが、この時間がいつまでも——それこそ永久に続いてほしいと、そのとき俺は願っていた。

何か予感があったのかもしれない。が、抱かれているときにはそれが何に根ざしたものかを考える余裕はなかった。

「欲張りだな」

遠いところで華門の、余裕溢《あふ》れる笑い声がし、彼の腕が俺の両脚を抱え直す。律動の速度と力強さが増し、既に快楽の頂点にいた俺は延々と続く絶頂状態に頭も身体もおかしくなりそうになっていた。

「あぁ……っ……かも……っ……かも……っ……ん……っ……かもん……っ」

ただただ華門の名を呼び、両手両脚で必死に彼の逞しい、そして傷だらけの身体を抱き締める。

「もういいだろう」

華門の笑いを含んだ声がしたと思った次の瞬間、彼の手が俺の片方の脚を離し、二人の身体の間でパンパンに張り詰めていた俺の雄を握り込んだ。

「アーッ」

勢いよく扱《しご》き上げられた途端に俺は高い声を上げて達し、白濁した液を辺り一面に撒《ま》き散らしていた。

「……っ」

華門もまた低く声を漏らして達したようだ。ずしりとした精液の重さを感じたとき、なぜか俺の胸は詰まり、目の奥に涙が込み上げてきた。

「……あ……れ？」

何を泣いているのか、自分でもさっぱりわからない。戸惑い、指先で目を擦《こす》ろうとすると華門が俺に覆い被さり唇で目尻に触れた。

「……華門……」

優しい、そう、優しすぎる感触。華門の唇は温かく、じんわりとした淡い光を俺の心に灯《とも》してくれる、そんな錯覚に陥りそうになる。

「何を泣く？」

問われる声が少し掠れている。彼の声音も酷く優しく感じられた。

「……わからない……」

なぜか涙が出るんだ、と答えようとしたが、声が喉にひっかかり、上手《うま》く発声できない。

咳払いをし再び口を開こうとしたそのとき、バタンという大きな音と共に勢いよくドアが開いたものだから、俺は仰天し華門の腕の中で固まってしまった。

「大牙から離れろっ！」

室内に飛び込んできたのは鹿園だった。彼がノックもなく事務所に来るのはデフォルトといってもよかったが、住居スペースの、しかも寝室に無断で入ってくることはまずない。

人並みの礼儀を弁《わきま》えているという以上に、住居スペースには基本、施錠しているからだが、今日も忘れず鍵《かぎ》はかけたはずだった。

なのにどうやって入ってきたのか。それだけでも驚きだったが、鹿園は一人ではなかった。背後に何人も機動隊員と思しき制服姿の男たちが盾を持って控えている。

一体何が起こっているのか。わけがわからず呆然としていたために、今、自分がどんな状態でいるかに気づくのが一瞬遅れた。

「大牙から離れろと言っている！」

鹿園が尚も怒声を張り上げ、華門を取り殺しそうな目で睨む。

「鹿園……」

思わず名を呼ぶと彼は俺へと視線を向けたが、彼の目の中には酷く痛ましげな色が浮かんでいた。

物凄《ものすご》い既視感。三年前、同じ目で彼に見られた記憶が怒濤のように俺の中に蘇る。

「…………あ…………」

警察を辞めるきっかけになったあの事件。銀行強盗犯――と当時は思っていた――に鹿園ら警官たちの前で俺は犯されたのだ。

そして今、鹿園の目に映る俺は――。言葉を失い身を竦めていた俺から腕を解き、華門が身体を起こす。

「悪いな」

華門の目にも鹿園や機動隊員たちの姿は入っているだろうに、何を謝ったのかわからない彼の口調は淡々としており、瞳は俺だけを見つめていた。

「……え……?」

問いかけたと同時に、俺はベッドから転がり落ちていた。

「大牙!」

鹿園が慌てた声を上げ駆け寄ってくる。なぜベッドから落ちたのか、落ちたときにはまるでわからなかったが、すぐに理由は知れた。華門が一瞬にしてベッドからシーツを引きはぎ、それを身体に巻き付け奥の部屋へと消えていったのだ。

シーツが目くらましになり、機動隊員が彼の動きを追うのが一瞬遅れた。加えて全裸の俺が床に転がり落ちたことで、鹿園が俺にかまったため、彼の指示もまた遅れた。

「早くあとを!」

脱いだ上着を床に座り込む俺の下半身にかけ、恥部を覆ってくれた鹿園がようやく指示を

出す。機動隊員がぞろぞろと奥の扉へと進み、緊張しつつそのドアを開いたが、奥の部屋には誰もいなかった。

「窓が開いています！」

機動隊員の一人が鹿園に向かって叫ぶ。

「外に逃げたんだろう。あとを追え！」

厳しい声で命じる鹿園に俺は、一体何が起こっているのかを確かめようとした。

「ちょっと待ってくれ、なぜ彼を追うんだ？」

鹿園のシャツの腕に縋り、問いかける。これまで彼が俺の問いを無視することは百パーセントないといってよかったというのに、今、鹿園は俺を一瞥《いちべつ》したあと答えることなく、尚も機動隊員に向かい指示を出した。

「相手が裸だと思って油断するな！　おそらく奴はもう武器を持っているだろう！　発砲は許す！　だが殺すな！　必ず生かした状態で捕らえるんだ！」

「鹿園！　待てよ！」

最早俺は彼が、どのような意図を持って機動隊員を指揮しているか、はっきり悟りつつあった。確かめるのは怖い。が、確かめずにはいられず、彼の腕に縋り問いかける。

「一体あいつを誰だと思ってるんだ？　彼は俺がバイトで雇った……」

「大牙、お前は……っ」

俺の言葉を鹿園が遮る。

「……っ」

彼のそんな顔、見たことがなかったために俺は、声を失いただただ鹿園を見返した。

鹿園の顔は怒りに歪んでいた。が眼鏡のレンズ越しに見える彼の瞳からは涙が溢れ、頬を伝って流れ落ちていた。

「お前……わかってたんだろう？　あれが……あの男が、殺し屋のＪ・Ｋだったということが……っ」

絞り出すような声で鹿園がそう告げ、逆に俺の腕を摑んでくる。

長年の友の信頼を永遠に失ってしまったことを――そしてそれを友が何にもまして悲しく、悔しく思っていることを思い知らされた俺は、何を言うこともできず鹿園から目を逸《そ》らせ、俯いた。

「なぜ、黙ってた……っ」

噎《むせ》び泣く鹿園の声が罪悪感を煽る。鹿園がどのようにして華門の正体を突き止めたのかを問う機会はこの先おそらくないに違いない。築き上げてきた友情が今、この瞬間に壊れてしまったことを俺はひしひしと実感していた。

「………申し訳ない……」

力なく詫《わ》びた俺の腕を、鹿園が痛いほどの力で摑む。

「認めるなよっ」

怒鳴る彼の目からまた、新たな涙が溢れ、頬を伝って流れ落ちた。

「………鹿園………」

「……署で話を聞く。服を着てくれ」

呼びかけた俺から目を背け、鹿園が短く命じる。

「……わかった……」

俯き、立ち上がろうとしたが、未《いま》だ彼の腕は俺の手を摑み、俺が立ち上がるのを阻《はば》んでいた。

「………」

自分の腕のありかさえ、把握できないほどに鹿園を動揺させているのは自分だ。ますます罪悪感を煽られながらも、俺の胸にそのときあったのは、華門が無事に逃げおおせていてほしいという、親友の信頼を裏切るに違いない強い願いだった。

to be continuied

あとがき

　はじめまして&こんにちは。愁堂れなです。

　この度は五十三冊目のルチル文庫となりました『夜明けのスナイパー　愛憎の連鎖』をお手に取ってくださり、本当にどうもありがとうございました。

　ＪＫシリーズも早、五冊目を迎えることができました。これもいつも応援してくださる皆様のおかげです。本当にどうもありがとうございます！

　今回はいつも以上に二時間サスペンスチックなお話となりましたが、いかがでしたでしょうか。皆様に少しでも楽しんでいただけましたらこれほど嬉しいことはありません。

　奈良千春先生、今回も本当に‼　大感激の素晴らしいイラストをありがとうございました！

　今回は華門の意外な？　行動や、春香のいつもとは違う姿を拝見できてとても嬉しかったです。いつもながらの凝った構図や細かい描写、それに思わず噴き出してしまうユーモアに感動しました。

　本当に素敵なイラストをありがとうございました。これからもどうぞ宜しくお願い申し上げます。

また、今回も大変お世話になりました担当O様をはじめ、本書発行に携わってくださいましたすべての皆様に、この場をお借り致しまして心より御礼申し上げます。

最後に何より、この本をお手に取ってくださいました皆様に御礼申し上げます。いよいよ……という展開になりましたがいかがでしたでしょうか。

ご感想をお聞かせいただけると嬉しいです。お待ちしています！

次のルチル様でのお仕事は、九月に『たくらみシリーズ』の新作を発行していただける予定です。去年『たくらみの罠』を発行していただいたあと、たくさんのお問い合わせを頂いていましたが、いよいよ発売となります。

皆様に少しでも楽しんでいただける作品目指して頑張りました。宜しかったらこちらもどうぞお手に取ってみてくださいね。

また皆様にお目にかかれますことを、切にお祈りしています。

平成二十六年六月吉日

愁堂れな

（公式サイト『シャインズ』http://www.r-shuhdoh.com/）

✦初出　夜明けのスナイパー　愛憎の連鎖……………書き下ろし

愁堂れな先生、奈良千春先生へのお便り、本作品に関するご意見、ご感想などは
〒151-0051 東京都渋谷区千駄ヶ谷 4-9-7
幻冬舎コミックス　ルチル文庫「夜明けのスナイパー　愛憎の連鎖」係まで。

幻冬舎ルチル文庫
夜明けのスナイパー　愛憎の連鎖

2014年7月20日　第1刷発行

✦著者　愁堂れな　しゅうどう れな

✦発行人　伊藤嘉彦

✦発行元　株式会社 幻冬舎コミックス
〒151-0051 東京都渋谷区千駄ヶ谷 4-9-7
電話 03(5411)6431［編集］

✦発売元　株式会社 幻冬舎
〒151-0051 東京都渋谷区千駄ヶ谷 4-9-7
電話 03(5411)6222［営業］
振替 00120-8-767643

✦印刷・製本所　中央精版印刷株式会社

✦検印廃止

ISBN978-4-344-83179-7　C0193　Printed in Japan